脚本：阿相クミコ・
伊達さん（大人のカフェ）
ノベライズ：百瀬しのぶ

推しの王子様
（上）

JN172941

扶桑社文庫
0742

本書はドラマ『推しの王子様』のシナリオをもとに小説化したものです。小説化にあたり、内容には若干の変更と創作が加えられておりますことをご了承ください。

なお、この物語はフィクションです。実在の人物・団体とは無関係です。

1

紬《つむぎ》は、ベランダの柵に両肘《ひじ》をついてぼんやりと物思いにふけっていた。目の前には都会の無機質な光景が広がっている。

そのとき、突然、ピカッと天空が光ったかと思うと、一人の男が降ってきた。

《だ……大丈夫ですか？》

紬は目の前に降り立った男に尋《たず》ねた。

《ここは……》

男は、貴族の服を身にまとった王子、ケントだ。

『どうやら僕は……異世界へと迷い込んだようだ』

ケントにはなにが起こっているかわからない。でも、紬は感じていた。これは……

『空から降る、運命の恋——』

二人は、至近距離で見つめ合っていた。

画面はスタジオに切り替わった。

《天空から王子様が降ってくるシーンはとてもロマンチックで素敵でした。乙女ゲーム『ラブ・マイ・ペガサス』。その人気を不動のものにした名場面ですよね》

インタビュアーが問いかけたのは、乙女ゲームを手がけるベンチャー企業「ペガサス・インク」代表取締役社長、日高泉美《ひだかいずみ》だ。

《はい。四年前に会社を興《おこ》して、最初にローンチしたのがそのゲームです。今でもたくさんの方に楽しんでいただいて、本当に嬉しく思っています》

泉美は四年前に起業したのだが、最初にリリースした乙女ゲーム『ラブ・マイ・ペガサス』が異例の大ヒットを記録。三十六歳の美人女性起業家としても話題になることが多い。

《累計《るいけい》一千万ダウンロードを突破ということで、ベンチャーとしては異例の大ヒットを記録しました。日高社長は、乙女ゲーム界に革命を起こしましたね》

《本当にみなさんのおかげです》

泉美はにっこりと微笑《ほほえ》んだ。

ペガサス・インクの企画制作部では、社員たちが泉美のドキュメンタリー番組をリアルタイムで視聴していた。

「泉美さん、カッコよくない？」

アラサー社員が多いこの会社の唯一の既婚者、デザイナーの小原《おばら》マリはみんなの顔を見回した。マリは女性アイドルグループの『26時のマスカレイド』にハマっている。

「うん。いつものテンションとだいぶ違う」

うなずいたエンジニアの織野洋一郎《おりのよういちろう》は、ガタイはいいが趣味は編み物だ。

「こうして見るとデキる女って感じっすよねー」

プランナーの有栖川遼《ありすがわりょう》が言うと、

「アリス、うちの社長はデキる女だから」

副社長の光井倫久《みついともひさ》がすかさず言った。光井は泉美と共にこの会社を始めた敏腕ゲームディレクターだ。業界ではその名は知れ渡っている。

「そうでした」

有栖川はいつもストレートにものを言うので、誤解もされがちだ。ちなみに歴史好きで、休日は城巡りをしている。

「あれ？　てか、泉美さんは？」

渡辺芽衣《わたなべめい》は泉美の席を見た。デザイナーの芽衣の〝推し〟は2・5次元俳優の三上悠太《みかみゆうた》だ。芽衣の喜怒哀楽の感情は三上に左右されているといってもいい。

「芽衣ちゃん、今日は何曜日でしょう」
光井の問いかけに、芽衣は「あー木曜日……」と納得した。

会社を定時に出た泉美は自室にいた。夜景が美しい豊洲《とよす》の高級タワーマンションの部屋にはケント様の等身大パネルが飾ってあり、グッズショップのようだ。
《なるほど。『ラブ・マイ・ペガサス』には、細部に至るまで、日高社長のこだわりが詰まっているわけですね》
大型のテレビには、インタビュアーに聞かれて《ええ》と答える泉美が映っている。
《毎週決まった時間に、作ったゲームを自分でプレイするようにしてるんです》
それが今夜、木曜日だ。いずみはスマホで『ラブ・マイ・ペガサス』のプレイ中で、自分が映っているテレビの画面などまったく見ていない。
《あえてユーザーの目線に立ってみると……》
《いえ、というか……私が楽しみたいんです。『ラブ・マイ・ペガサス』が大好きなので。ユーザーであり続けたいというか……。自分の作ったゲームなら、なおさら好きでいたいじゃないですか》
《ということは、ここに登場する王子様……ケント様は、日高社長の理想のタイプとい

うことでしょうか》
《はい……私の推しですね》
満面の笑みをたたえた泉美のアップが、画面いっぱいに広がっていた。
そう、泉美の理想の男性をギュッと凝縮《ぎょうしゅく》しているのがケント様なのだ。

「出た。やっぱり2次元推しは隠せない」

「普段の泉美さんがダダ漏《も》れだ」

有栖川と芽衣はうなずき合った。

「泉美さんって、リアルな恋人いたことあるんですか?」

織野は光井を見た。

「昔はいたらしいけど、俺が知ってる限りではいないね」

光井と共に起業してから四年。仕事一筋で部下たちからの信頼も厚《あつ》いが、浮いた話は聞いたことがない。

「そもそも作る気あるんですかね?」

マリも光井に尋ねた。

「どうかな。少なくとも今の彼女には……ケント様がいる」

光井が言ったとき、テレビから泉美の声が聞こえてきた。
《ピグマリオンって……ご存じですか？》
《ピグマリオン？》
インタビュアーは首をかしげているが、光井はその様子を見てふっと笑った。
《ギリシャ神話に出てくるキプロスの王で、彫刻の名人です。彼は理想とする女性の像を彫《ほ》ったんですけど……あまりの美しさに、その彫刻の像に恋をしてしまうんです》
夢中になって語る泉美の言葉に、インタビュアーはうなずいた。
《私も同じかもしれません。自分の理想のキャラクターを作って、それを仕事にできるなんて、幸せなことだと思います》

ピンポーン。チャイムが鳴った。だが泉美は反応せずにゲームを続けた。

「どうもー。いつもの、置いときますよー」

中華料理店のアルバイト、藤井蓮《ふじいれん》は、玄関を開けてチャーハンを置いた。大きな瞳《ひとみ》が可愛らしい蓮は、まだ十九歳だ。泉美はゲームをしたまま、声を上げた。

「あー蓮くん、ありがとうー」

「来週の木曜も同じ時間に、同じものでいいっすね？」

「はーい」

「たまには違うものも食べればいいのに」

蓮は笑いながら去っていった。だが泉美は返事をするどころじゃなかった。ゲームの中のケント王子が微笑みかけてきたのだ。

《僕は、キミと出会うために生まれてきたんだ……》

そうよね、私もあなたと出会うため……。泉美はうっとりしながらもうしばらくゲームを続けた。そしてチャーハンが冷める頃にようやくスマホを置き、ため息をついた。

「……はぁ。尊《とおと》い……」

翌朝、泉美は日本橋駅の地上に出て、颯爽《さっそう》と会社のあるビルに向かった。

「昨日の密着番組、視聴率10%いったそうだ」

到着した泉美に、光井が言う。

「すごい！　宣伝効果バッチリですね」

有栖川が声を上げた。

「SNSの反応も、ポジティブな意見が7割」

「残りの3割は？」

尋ねると、光井は黙り込んだ。だがその手からタブレットを奪って読み上げた。

「『ラブ・マイ・ペガサスはオワコン』、『一発屋』、『あの社長、セレブ気取りかよ』」

虚勢を張って自分で読み上げたものの、落ち込みたくなる。

「いいでしょ、気にしなくて」

芽衣が言ってくれたので、泉美は「うん」とうなずいた。

「でも、言われてることも一理ある。『ラブ・マイ・ペガサス』はヒットしたけど、それに続くものが出せてないのは事実だし。早く次のゲーム、出さないとね」

泉美の言葉に、社員一同はうなずいた。

「次って開発費、三億円ですよね？　予算的に大丈夫すか？」

織野が光井に尋ねる。

「半分はうちが持つから、あと半分の融資《ゆうし》が決まればなんとかいけるんだが……」

「前に言ってた会社ってどうなりました？」

有栖川が尋ねた。

「『ランタン・ホールディングス』からは、今日、返事をもらえることになってる」

「なかなか厳しいんですかね……」

マリの言葉に、みんなはうつむいてしまった。

「大丈夫。心配しないで。開発資金は私のほうでなんとかするから。みんなは制作のほうに集中してほしい。私たちの手で、この世界にまた新しい『推し』を誕生させましょう」

　泉美が威勢よく言うと、みんなは「はい！」と声を合わせた。

「ランタン・ホールディングスって、大手のアウトドアメーカーだよね？」

　仕事をしながら、マリは芽衣に尋ねた。泉美は今まさに、ランタン・ホールディングスに打ち合わせに向かっている。

「そう。キャンプ用品にアパレル、スポーツ用品……」

「そこがなんでゲームに出資するんだろ？」

「最近は居酒屋とか不動産事業とか、多角的に経営してるんだ。その一環で、エンタメ事業にも参入するらしい」

　答えたのは、織野だ。マリは「なるほど」とうなずいた。

「今、イベントのプラン送ったんで、デザインのチェックよろしくお願いします」

　有栖川はマリと芽衣に声をかけながら「融資の件、うまくいくといいんだけど」と、つぶやいた。

「大丈夫でしょ。泉美さんなら」

芽衣は希望的観測を口にした。


泉美はピンと背筋を伸ばしハイヒールをカツカツ鳴らしながらランタン・ホールディングスにやってきた。会議室に通され、メディア事業部の小島博之《こじまひろゆき》と向かい合う。

「申し訳ありませんが、今回はご期待に沿《そ》えそうにありません」

「えっ……」

思いがけない返事に、思わず声が出た。

「……釈迦《しゃか》に説法《せっぽう》ですが、ゲームは一年以上の長い期間をかけて制作しても、リリースから数週間で売れ行きが決まってしまうので……。こちらも慎重にならざるを得ないんですよ」

「あの……企画書はちゃんと読んでいただけたんでしょうか？　それは御社の水嶋《みずしま》社長のご判断ですか？」

泉美と小島の間の机には、企画書が置いてある。

「……検討しましたが、うちとしては……単なる乙女ゲームには出資できないという判断になりまして」

「……単なる……」

その言葉が、泉美の胸に響いた。

眉間《みけん》にしわを寄せながらエントランスに下りてくると「おー、日高」と、声をかけられた。

「あっ！　井上《いのうえ》くん」

以前、一緒に仕事をしていたプランナーの井上慶太《けいた》だ。

「久しぶり。会社辞めて以来か。どうしたのこんなとこで。ランタンとなにか打ち合わせ？」

「うん、まぁ。もう終わったけど」

「そーなんだ。俺もこれから打ち合わせ。ランタンとのタイアップでゲーム作ることになってさ」

「……そうなんだ」

「そういえば密着番組観たぞ。いいよな、美人は。目立つから簡単に特集組んでもらえてさあ」

「え……」

「でも女社長が武器になるのなんて最初のうちだけだろ。そろそろ、気をつけたほうがいいぞ」

三十代半ばになって、こういう失礼なことを言うヤツが増えてきたが、こいつもか。

「ま、相談くらいなら乗ってやるよ。んじゃな」

笑って去っていく井上を泉美は「なにあれ」とムッとして見送っていた。だがすぐに仕事モードに戻り、スマホを取り出して光井に電話をかけた。

「ダメだった。出資、断られた」

「そっか……。気持ち切り替えて次いこう、次」

「もう一つ、話に乗ってくれそうなところがあるの。今からそこの社長と会ってくる」

泉美はさっとスマホをしまい、水色のつなぎを着て黙々と清掃している男の脇を通り、歩き出した。

気持ちを切り替えた泉美は、とあるＩＴ企業を訪ねた。以前パーティかなにかで知り合った四十代らしき社長が、泉美の仕事に興味があると言っていたのを思い出したのだ。

「資金提供、考えてあげてもいいですよ」

「本当ですか？」

企画趣旨《しゅし》を説明し、頭を下げていた泉美は顔を輝かせた。

「ええ。僕は優秀な女性の力になりたいと思ってますから……ところで、日高社長。お休みの日はいつもなにしてらっしゃるんです？　独身でしたよね？」

「え？」

「今度、ゆっくり食事でも行きませんか？　品川に美味《おい》しいフレンチのお店があるんです。あ、それか、ゴルフはお好きですか？　箱根にあるゴルフ場にいい温泉が……」

「あの！　企画書は読んでいただけたんでしょうか？　弊《へい》社の乙女ゲームのどこを気に入っていただけましたか？」

社長の言葉を遮《さえぎ》って尋ねた。

「え？　いや、それは……まあ、また、おいおい」

「……すみません。今回のお話はなかったことにしてください」

泉美は立ち上がり、企画書をしまって部屋を出た。


その夜、落ち込む泉美を光井がバーに連れていってくれた。

「まあ、こういう日もあるよ」

「こんなことばっかり……」

泉美は目の前のカクテルをぐいっと飲んだ。

「……井上くんって覚えてる？　『ゼウス』の」

「井上？　プランナーの？」

「なんか上から目線でさ。女は目立っていいよな、みたいなこと言われて」

「嫉妬《しっと》だよ。泉美ちゃんが独立して、ヒット出したから」

「企画書だってちゃんと読んでもらえたらわかってもらえるはずなの。それなのに……女社長がどうだって舐《な》められたり、セクハラまがいのこと言われたり……最悪。私はただ、面白いゲームを世の中に出したいだけなのに」

泉美はまたお酒をあおった。

「……泉美ちゃん。物語って、起承転結が大事だろ？　今は起承転結でいったら起の部分。新作ゲームの企画だって、ここから先に、きっと楽しい展開が待ってるよ」

「……さすが、元映画監督」

泉美はふっと笑った。光井も笑みを返してくれたが、苦笑いだ。

「やめろよ。自主映画一本も当たらなかったんだから。あ、てかそうだ。昨日の番組。俺の言った話そのまま使うなよ」

「え？」

「ピグマリオン。前に俺が話したことだろ」

「あーごめん。あの話好きなんだもん」

ごめんごめん、と、光井に手を合わせ、続けた。「でもね。最近本当に、ピグマリオンの気持ちわかるの。自分好みのキャラを作って、育て上げたいって」

「乙女ゲームの本質だよね……」

「なんか現実の男って、自分の理想通りってわけにいかないし、けっこうヒドイ奴も多いし」

「え、ちょっと待って。俺も？」

「ミッチーは男のカテゴリーじゃなくて、仲間でしょ」

「……ま、そうだね」

光井が視線を落とす横で、泉美はお酒を飲み干した。

「おかわりください。私、今日飲むからね」

「よし。とことんつき合うよ」

「あ、どっちが奢《おご》るか賭《か》けよう」

「いいね。負けたほうが自腹」

光井はコインを取り出し、コイントスをした。

「表！」

泉美が言うのと同時に光井は「裏！」と言った。右手を開けて左手の甲を見ると、表だ。

「ゴチになりまーす！」

泉美ははしゃいだ声を上げた。


店から出て歩き出すと、けっこう足にキていた。

「大丈夫か？　家まで送るよ」

光井は泉美を支えてくれている。

「だいじょぶ、だいじょぶ。タクシー拾う」

「でも、けっこう酔ってないか」

「ミッチー……今日はありがと」

泉美はちょっと真面目な表情になって、言った。

「……泉美ちゃんは自分の推しを作って、それでユーザーの心を摑《つか》んで、ちゃんと評価されてる。自信持って」

「……うん」

やっぱり光井はわかってくれている。

「じゃあねー」

泉美はひらひらと手を振り、歩き出した。

(そうだ。あの頃からしたら、今のほうがずっと幸せだ)

歩きながら、泉美は保険会社で働いていた日々を思い出した。夢も目標もやりたいこともなく、退屈な毎日を送っていた。でも乙女ゲームを好きになって……ゲーム会社に転職して、そこで光井に出会い、独立して会社を作って、今がある。

立ち止まり、スマホで『ラブ・マイ・ペガサス』を開くと、トップ画でケント様がほほ笑んでいた。

(理想の王子様を……ケント様を生み出すことができた。だから……大丈夫。次もきっとうまくいく)

泉美は夜空を見上げ、自分に言い聞かせたとき、頭上のペレストリアンデッキで男たちが大声で言い合っている声が聞こえてきた。

「ん?」

その瞬間、空から一人の男が降ってきた。いや、正確には、ペレストリアンデッキの手すりを乗り越えて、飛び降りてきた。

「えっ……？」

落ちてきた勢いで、男は地面に倒れ込んだ。

「イッタ……」

うずくまっているのは、ヨレヨレのTシャツに薄汚いジャケットを羽織《はお》ったボサボサの長髪の男だ。不快になり顔をしかめると、前髪をかき上げた男と目が合った。

（え……うそ）

「……ケント様？」

思わず、声に出ていた。

凛々《りり》しい眉《まゆ》の下の、ちょっと物憂《ものう》げな潤《うる》んだ瞳で泉美を見つめてくる。

（空から降る、運命の……推し？）

口に出そうになったが、どうにか心の声にとどめた。

「あ、えっと……」

泉美がようやく現実に戻ると、ガラの悪い集団が騒いでいるのが聞こえてきた。

「おい！　どこ行った？　探せっ」

ドタバタと足音が聞こえてくる。すると男はとっさに泉美の腕を掴み、走り出した。

そして近くのビルの隙間《すきま》に逃げ込んだ。

「えっ？　ちょっと。なにするの？」

泉美は男の顔を見た。

「逃がすなよっ」

ガラの悪い男たちの声が聞こえてくる。

「離してよ！」

「黙って」

男は泉美の口をふさぐために、強く抱き寄せた。泉美がもがきながらも男の胸に顔をうずめていると、集団は通り過ぎていってしまった。

「なっ、なにするの？」

泉美が押しのけるまでもなく、男はなにも言わずに離れて、っていった。

「待って……」

いったい今のはなんだっ……た……んだろ……。思考がとぎれ、男の後ろ姿がぼやけていき……そのまま泉美は倒れ込んだ。

「おい！　大丈夫か？」

誰かが泉美を揺すっている。うっすらと目を開くとそこには……。

「……ケント様……」

泉美は完全に気を失った。

翌朝、朝日がまぶしくて目が覚めた。

「……ん」

目を開けると、隣で上半身裸の男が眠っていた。

（ケント様？　……いや、違う！）

「え？　え？」

上半身を起こして、記憶の糸を手繰《たぐ》り寄せてみる。

（昨日はミッチーと飲みに行って……一人で帰って、そしたら突然、男が降ってきて、急に抱きしめられて……昨日の夜、いったい、私は……！）

ハッとして自分を見ると、キャミソール姿だった。ということはやはり昨夜、私はこの男と……。まだ起きない男を見ると、きれいな額が見えた。昨夜も間近で見た凛々しい眉毛。閉じていてもわかる切れ長の大きな瞳。まっすぐに伸びた鼻梁《びりょう》。少し口角の上がった形のいい唇……。

（やっぱりケント様に似てる……いやそうじゃなくて）

思わず自分にツッコミを入れたとき「……ん……」と、男が目を覚ました。二人はしばらく無言で見つめ合っていたが、泉美から切り出した。

「あ。あの、夕べのことなんだけど、私……」

「ああ」

男は上半身を起こした。

「覚えてないの？　あんた、酔っぱらって倒れちゃったんだよ。道端で。んで、仕方なく、財布の中の免許証見て、ここに連れてきた」

「それで……？」

泉美が尋ねると、男は説明した。

部屋に送り、ベッドに寝かして帰ろうとすると、泉美が「待って、ケント様。そばにいて」と抱きついてきた。それで男は泉美を押し倒し、一晩中一緒にいたのだと言う。

「ウソだー！」

「誘ったのはそっちだろ」

「誘ってなんかない。絶対にあり得ない」

泉美はぶるぶると首を横に振った。

「別にどうでもいいけど」

男は起き上がり、よれよれのTシャツを着た。

「腹減った。メシある？」

そして、寝室を出てキッチンに向かった。

「はい？」

急いで服を着て、男を追いかけていく。

「なんにもねえじゃん。料理しないんだ」

男が言うように、冷蔵庫には水やチーズやヨーグルトなど、わずかな食材しかしか入っていない。ていうか、なんでコイツは冷蔵庫を開けているのだ。

「ちょっと勝手にやめてよ」

「なにこれ？　サウサゲ？」

男は冷蔵庫から取り出したもののパックを見て、泉美に尋ねた。

「……は？」

たしかにパックには「Ｓａｕｓａｇｅ」と書いてあるけれど……。

「なに？　サウサゲって」

男はふざけているわけではないらしい。真剣な顔で泉美を見ている。

「ソーセージ」

「え？　ああー」

「どう見てもどう読んでもソーセージでしょ」

呆《あき》れる泉美の目の前で、男はソーセージを食べ始めた。それどころかアイスコーヒーも出し、さらに食器棚からコップも出し、我が物顔で注いで飲んでいる。

（なんなの、コイツ。顔はケント様なのに……）

その瞬間、泉美の脳内にケント様が現れた。

《おはよう。初めてだね、二人で飲む朝のコーヒー》

さわやかな白シャツのケント様が、朝日を浴びてキラキラ輝いている。

「マズっ！」

だが、目の前の男の声で、泉美は現実に戻った。ボサボサの髪に、Tシャツとパンツ姿。この男はケント様じゃない。

「こんなの苦くて飲めねえよ。ミルクとガムシロ」

男は乱暴にグラスを突き出した。

（子どもか）

呆れつつも、泉美は食器棚からミルクとガムシロを取り出した。

「それ飲んだら帰ってよ」

そう言って男を見ると、棚に置いてあったケント様のフィギュアを手に、ポスターを見ている。

「『ラブ・マイ……』へー。このゲーム好きなんだ？」

「ちょっと！　触らないで！」

「いいじゃん。見てるだけだって」

「大切なものなの。いいから戻して」

無理やり奪い取ろうとすると、フィギュアが床に落ちた。

「……あなたには、たかがおもちゃで……」

「大げさだろ。たかがおもちゃかもしれないけどね」

泉美はフィギュアを拾い上げた。「もういい。昨日のことは全部忘れることにする。だから……今すぐ出てって」


（あーー自己嫌悪……）

酔って行きずりの、しかもあんな得体《えたい》のしれない男と一晩過ごすなんて、いったいなにをやっているんだろう。出勤した泉美は、社内に入る前にスマホを取り出し、匿名《とくめい》でやっているSNSを開いた。

『ペガサスのケント様に激似の男と遭遇《そうぐう》！　だけどサイテーな奴だったぁぁぁ』

高速で打ち、投稿した。

『マ！！　会ってみたい。うらやま～』

『でもクズ野郎だったんなら、マジぴえんだわ』

すぐにコメントがついた。

『私もケント様に会いたいです!!』

いつも必ず書き込んでくれるハンドルネーム「ラブラブケント」の子もすぐに反応してくれた。

「……同志よ。みんなありがとう……」

泉美は何度も深くうなずいた。

（……忘れよう。昨日のことは）

自分に言い聞かせ、社内に足を踏み入れた。

「あ、泉美さん。おはようございます」

声をかけてきた芽衣と並んで歩いていく。

「芽衣ちゃん、最近、舞台は観に行ってるの？」

「あ、はい」

芽衣はスマホを取り出した。待ち受け画面はもちろん三上悠太だ。

「三上様、最近イベントも目白押しなんで、私たちも忙しいんです」

「2・5次元ファンだもんね」

「次の舞台は、原作の漫画も大好きだったんですよ。あの原作のキャラが、三上様によってどう立体的になるのかワクワクしてます」

「……2次元のキャラが3次元になるのって、みんな嬉しいものなのかな……」

頭の中に浮かんでいたのは、もちろん今朝の男だ。

「それはケースバイケースですよね。どっちの次元のほうがいいってことはないと思います。3次元になって、結果ががっかりな内容だったらダメだと思いますし」

「だよね……」

「それに……私は、2・5次元のファンなんです。よく『2・5次元も3次元だろ』なんて言う人がいますけど、全然違うんです。2・5は2・5」

力説する芽衣の勢いに押され、泉美はうんうん、と、うなずいた。

企画制作部の自分のデスクに着き、泉美はしみじみと社員たちを見回した。

(うちの社員は、みんなそれぞれの沼にハマっている)

「ねーねー見て。美優《みゆ》ちゃんの写真集。朝イチでフラゲしてきちゃった」

マリは袋から女性アイドルの写真集を取り出して、有栖川に見せている。

「初写真集だからね。ようやく努力が報《むく》われたんだよ……応援してきてよかったぁ」

「最近ソロ曲も出したらしいね。その子」

編み物をしていた織野が顔を上げた。デスクには編み物の専門書が並んでいる。

「そう。ノッてんのよ、美優ちゃん。だから私もノッてんの」

「成長を応援する喜びかあ、それもいいっすね。こっちはもう……だいぶ前に出来上がっちゃってるから。四百年以上も前に」

有栖川が取り出したのは、「松本城」の写真集だ。

「歴オタもいいじゃん。過去のことだけど、どこまでいってもわかりきれないみたいな面白さ、あるよね」

マリが言うと、有栖川は嬉しそうに身を乗り出した。

「うん。もう終わってることなのに、無限に広がってる感じがするんすよね」

そして有栖川はみんなに「国宝、松本城。見て、この黒と白のコントラスト!」と、写真集を見せた。

「そっちの本は?」

織田は、有栖川の机の上にあるもう一冊の写真集を指した。

「あ、同じやつ。保存用と布教用」

「わかるー」

マリも同じ写真集を一冊、取り出して見せた。みんながそれぞれうなずき合ったとき、
光井が「ブリーフィング、始めようか」と、入ってきた。


みんなは会議室で卓を囲んでいた。

「『ランタン・ホールディングス』からの出資、難しかったんですよね……？」

有栖川が泉美に確認した。

「ごめん。力不足で」

「え、それ主人公ですか？　カッコいい……」

有栖川は芽衣を見た。芽衣は、主人公の男性をスケッチした紙を手にしている。

「はい。ラフなものですけど、新しいキャラクターをイメージして描いてみました」

「おー、いいね。イメージ膨《ふく》らむよ。オープニングはヒロインのアップから、カメラが
ぐーっと引いて、景色全体が見えてさ。それでこの主人公の男が……」

「光井さん。まだ企画通ってないですけど？」

マリに注意され、光井は「あ、ごめん」と、黙り込んだ。みんなは笑ってしまい、一瞬ほのぼのとした空気が流れた。そんななかで、織野が口を開く。

「でも、テンション上がる気持ち、わかります」

「このキャラ、ユーザーに届けたいですね」

有栖川もしみじみ言った。

「……やっぱ作りたいよな。『ラブ・マイ・ペガサス』を世に出したときみたいに」

光井の言葉を聞き、泉美の頭の中に四年前の光景が蘇《よみがえ》ってきた。


起業した当時、オフィスはマンションの一室だった。今も続いているこの六人のメンバーで、乙女ゲーム『ラブ・マイ・ペガサス』を必死で作成していた。

「なにか違う。これじゃ、王子様を推せない」

泉美はパソコン画面を見て、織野にダメ出しをした。

「なにかってなんです？　計画通りに進んでますけど」

織野は首をひねっている。泉美は続いて有栖川にも注文を出した。

「アリス。ケント様のセリフ、もっとエモーショナルにできない？　イメージは……そう。『星の王子さま』」

「『星の王子さま』ですか？」

「あの王子様って、優しさとか純粋さのなかに、孤独を抱えてるじゃない？　ケント様もそうであってほしい」

「わかりました。やってみます！」

「それと……ケント様の前髪、もう1センチ短くしてみて。あと、顔の輪郭《りんかく》をもっとシャープに。眉毛の長さも足そう」

「えっ？　今からですか？」

マリが驚いて声を上げた。

「納期に間に合いますかね。予算だってオーバーに……」

織野は不安げに泉美に尋ねた。

「大丈夫。なんとかするから！　だから、もっともっと素敵な王子様にして、ユーザーを楽しませてよ」

「……わかった。まずは社長がトキメかないことには始まらないから。泉美ちゃんの言う通りにやってみよう」

光井がすかさず泉美をフォローしてくれる。

「さすが、ミッチー。頼りにしてます」

「よし！　泉美ちゃん、もっとアイデア出して！　もっと極上な、すんごいの、ちょうだい♡」

光井がふざけて可愛い口調で言う。

「ドMか！」

芽衣が光井にツッコみ、殺気立っていたみんながどっと笑った。

「スケジュール組み直すんで、みんなよろしく」

光井が声をかけると「はい！」と返事が返ってきた。泉美はそんなみんなを頼もしい思いで見回した。

「……単なる、乙女ゲームなんかじゃない」

泉美は芽衣が描いたスケッチを見つめながらつぶやいた。そしてしばらく考え、立ち上がった。「私、もう一度、ランタンに行ってくる」

五十嵐《いがらし》航《わたる》はランタン・ホールディングスの男子トイレの鏡を拭《ふ》いていた。水色のつなぎに同色のキャップをかぶり、同じビルに勤める社員たちの目につかないように、ひたすらモップをかけたり雑巾がけをしたり。毎日そんな生活だ。

「……やべぇ。ついに来たよ。契約、来週で切るって。クビだよ、クビ」

そのとき、先輩の野口《のぐち》がそう言いながら入ってきた。

「マジっすか？」

航は手を止めた。

「あとでおまえにも連絡入ると思うけど。あーあ、実家にでも帰るかなあ。東京にいても、正社員なんかなれるわけないし……。おまえ、地元、岐阜だっけ？　たまには帰ってんの？」

「いや……全然。もう、家もないんで……」

航は答えた。

「……そうなんだ。ま、ヘンに夢とか希望とか持たないほうがいいぞ」

「……持ちませんよ。そんなの持ってもムダですから」

夢も希望も持ってない。だけど、ここで生きていくしかない。航はため息をついた。

それから数分後、エントランスの掃除をしていると、ドアが開き、スラリとした女性が入ってきた。センスのいい、高そうな服。ピンと伸びた背筋。自分とは違う世界に住む、輝いた女性だ。

「あ……」

それは、泉美だった。泉美はキャップを目深《まぶか》にかぶって掃除をしている航に気づくこともなく、ヒールの音を響かせながら足早に中へ入っていった。

泉美がもどかしい気持ちでエレベーターを待っていると、一階に着いたエレベーターから、社長の水嶋十蔵《じゅうぞう》と小島が出てきた。

「水嶋社長！」

「……君は？」

十蔵は、駆け寄ってきた泉美を見て首をかしげている。

「ペガサス・インクの日高と申します」

「ゲームの出資の件でしたら、お断りしたはずですが……」

小島は困惑している様子だ。

「もう一度、考え直していただけませんか？」

泉美は十蔵に思いっきり頭を下げた。

「必ず、御社の事業にメリットがあるとお約束します」

「メリットとは、具体的にどのように？」

「ターゲットとするユーザー層の拡大や、ゲームを通じた広告での新しい収益、コラボグッズの流通……」

と、言いかけて、泉美は一瞬、黙った。そしてまた口を開いた。「いえ。弊社のゲームには、人を幸せにできる力があるんです。乙女ゲームは……単なるゲームなどではありません」

泉美は、バッグの中を探り、芽衣が描いたキャラクター案を取り出した。

「人生を変えることができるんです！　推しがこの世に存在するだけで、どんなに自分の人生が豊かになることか……推しは私たちに生きる力をくれます。喜びをくれます。推しがいることで、人生に夢を持てたりするし……、推しに見合う人間になろうなんて思ったりもするんです。もちろん、推しの隣を歩けるようになるわけではありません。でも、同じ時代に生まれただけで、それだけでハッピーなんです。アイドルだって、アニメだってそう。だから、単なるゲームだ、などとおっしゃらないでください。乙女ゲームは必ず、たくさんのユーザーを幸せにできます。いえ、私が必ずそうします！　もう一度チャンスをください。お願いします！」

そして再び、深く頭を下げた。

航はその様子を見ていた。

今朝、泉美の家にあったフィギュアを「たかがおもちゃ」呼ばわりしたときにムッとしていたけれど、そんなに思い入れが強かったのか。

「とにかく、この件はもう終わったことですので、お引き取りください！　行きましょう、社長」

頭を下げる泉美を残し、社長たちは去ってしまった。ぼんやりと彼らの背中を見送る泉美を、航はじっと見つめていた。


十蔵は小島に促《うなが》され、車寄せに出てきた。

「申し訳ございませんでした」

余計な手間を取らせたと、小島が詫《わ》びてくる。

「あの会社……ペガサス・インクと言ったか」

「はい……」

「企画書をもう一度読みたい。用意してくれ」

「あ、はい。かしこまりました」

小島の返事を聞きながら、十蔵はニッと唇の端を上げ、車に乗り込んだ。

仕事を終えた航は、隅田《すみだ》川近くの道を歩いていた。視線の先には、ライトアップされたスカイツリーが輝いている。川沿いの道をとぼとぼ歩いていると、少し開けた場所に出た。音楽が聴こえてきたので見ると、路上ミュージシャンがいた。

「藤井蓮です。シンガーソングライターとして、メジャーデビューするのが夢です。よかったら応援してください」

ミュージシャンは、通り過ぎていく人たちに声をかけていた。数人は足を止めて見ているし、常連もいるようだ。聴いてください、と、曲名を言い、キーボードを弾きながら歌い出した。航よりいくつか年下だろうか。

「……夢って」

航は皮肉な笑いを浮かべながら、その場を通り過ぎた。

部屋に帰ってきた泉美は、ライトもつけずにドサッとソファに腰を下ろした。シーンと静まり返った部屋に、泉美のため息が吸い込まれていく。と、そこにスマホの画面が光り、着信音が鳴り響いた。

「もしもし? 理香子《りかこ》?」

幼馴染《おさななじみ》の柏木《かしわぎ》理香子だ。

「久しぶり。この前テレビ見たよ〜。元気そうだね」

理香子の背後ではきゃあきゃあとかん高い声が上がっている。「ちょっと静かにしなさい！」理香子は子どもたちに向かって声を上げた。

「理香子も元気そう。みんないくつになったの？」

「上の子が五歳で下の子が三歳。もうホントに毎日くたくた。泉美は相変わらずキレイにしてるね」

「そんなことないよ……」

ついさっき、帰りの地下鉄の窓に映った泉美は、疲れきった表情をしていた。

「ううん。すごくキラキラしてた。乙女ゲームにハマった頃もそんな感じだったよね」

「理香子が私に勧《すす》めてくれたんだよね」

「うん。私よりもハマっちゃって。いまだにその熱が続いてるのはすごいよ」

と、「ママー」と言う声が聞こえてきた。早く電話を切ってほしそうだ。

「はいはい、ちょっと待って。あ、ごめんね。忙しいとこ。地元に帰ってきたら連絡ちょうだい」

「うん、わかった。電話ありがとね。じゃ、また」

電話を切ると、再び静寂《せいじゃく》が訪れた。

（たとえば……違う人生もあったのだろうか。乙女ゲームに出会わなかった人生……）

充実した毎日のなかで、ふっとそんな思いがよぎることがある。乙女ゲームに出会う前、保険会社に勤めていた頃の泉美は、会社でも一人だったし、家に帰ってきても一人だった。いつも孤独を噛《か》みしめていた。

（あの頃のまま生きていたら、私は今どうなっていたのだろう）

泉美は立ち上がり、棚に置いてあったケント様のフィギュアを手に取り、じっと見つめた。


航は錦糸町《きんしちょう》のネットカフェにいた。全身を伸ばせない窮屈《きゅうくつ》な個室に、ここ数日間住み着いている。

目の前にパソコンがあるのだが、航はスマホで『アルバイト募集』の求人を見ていた。条件が合う求人がなく、ひたすら画面をスクロールし続けていると、ショートメールが入った。

『最終警告。このまま返済がない場合、口座凍結、ネットに個人情報を掲載します』とある。

くそっ。唇を噛みながら、ふと、泉美のことを思い出した。

「人生を変えることができるんです！」

必死で訴えながら、頭を下げていた泉美の、あの言葉が頭の片隅に残っている。

たしか会社名は……。

航はパソコンで「ペガサス・インク」を検索してみた。ホームページを開くとゲーム制作の会社のようだ。航は社員募集のバナーをクリックしてみた。

翌日、出勤した泉美が社長室で仕事をしていると、織野がドアをノックした。

「社長、お客様がお見えです」

「……お客様？」

立ち上がってドアのほうに行くと、一人の男性が入ってきた。このクタクタのジャケットにヨレヨレTシャツといういでたちを見れば一目でわかる。あの男だ。

「……えっ？」

いったい、なんの用だろうか。泉美は目の前の男を凝視した。それにしても、なぜあのとき、一瞬でもケント様に見えてしまったのだろう。櫛《くし》を入れているのかわからないようなぼさぼさの髪で、目が隠れた状態だと、ケント様には見えない。なにしろケント様は貴族なのだ。王子様なのだ。

「アポはないけど、社長のお知り合いだって言うんで……」

織野が不審そうな顔つきで、男を見ている。

「あっ、う、うん。ありがとう」

とりあえずこの男が変なことを口走って、一夜を共にしたことが知られては困る。泉美が作り笑いを浮かべると、織野は頭を下げて戻っていった。

「まさか、社長さんだったとはね」

男は社長室を見回している。

「……どういうつもり?」

警戒しながら、男に尋ねた。

「ここで働かせてくんない?」

「え?」

「契約社員、募集してるって書いてあったから」

ぶっきらぼうな口調で言いながら、男は履歴書を差し出してきた。

「……だ、誰でもいいわけじゃないし」

「俺、なんでもやるからさ。雇《やと》ってくれてもいいだろ」

「無理言わないでよ。悪いけど、ほかを当たってちょうだい」

いったいなんなんだ。その口のきき方は。

「ふうん。じゃ、いいんだ？　バラしても」

「は……？」

「見ず知らずの男と寝たってこと」

男が前髪の下から泉美を見てくる。

「……脅《おど》すつもり……？　忘れてって言ったでしょ。それに一夜の過《あやま》ちを気にするような歳でもないので」

「頼むよ！　俺、安定した仕事に就《つ》きたいんだ。バイトもクビになるし、どうしようもなくて」

そこに、ドアが開いて光井が顔を出した。

「あ、ごめん、来客中か」

「あ、いいのいいの。話し終わったから。どうぞ、お引き取りを」

泉美が言ったが、男は動かない。

「聞こえなかった？　お引き取りください」

それでもまだ動かない。

「お引き取りください！」

「……なにを？」

男はきょとんとした顔で泉美を見ている。

「は？」

「だから。何《なに》を引き取るんだよ」

今度は泉美がぽかんとしてしまった。でもすぐに、わかった。引き取るの意味がわかっていないのだ。

「……ウソでしょ？　お引き取りをっていうのは、帰れってことでしょ？」

「なんだよそれ。ムズ」

「どこがムズいのよ！　もう帰って！」

思わず声を荒らげた泉美と、帰っていく男を見て、光井が笑いをこらえていた。

雇ってもらえなかったか。航がちっと舌打ちをしながら廊下を歩いていると、会議室から笑い声が聞こえてきた。

「イベントのスチール、このコンセプトでいこうと思うんだけど、どう？」

「いい！　イケてると思う」

女子社員たちが、ホワイトボードに貼った資料を見ながら、うなずき合っている。あのフィギュアのキャラだ。

「手の動きもつけたほうがいいんじゃないかなあ」

「え？　どんな？　やってみて」

「たとえば、こうしてこう」

おしゃれで甘い顔をした男がカッコつけてポーズを決めている。

「顔！　決めすぎ！」

「逆にすっごい尊いかも」

女子社員の一人が言うと、

「逆ってなんすか！」

カッコつけていた男が言い、みんなはゲラゲラと笑った。あんなふうに楽しそうに、みんなで意見を出し合いながら仕事をしたことなどない。会議室の光景は、航にはまぶしすぎた。


航が帰ったあと、泉美は履歴書を見てみた。予想通りの汚い文字が並んでいる。

「五十嵐航、二十三歳……ニジュウサン？　若っ」

十三歳も年下だったのか、と、改めて驚いてしまう。

「面白い子だったね。泉美ちゃんのユニークなリアクションを引き出してた」

光井が笑っている。

「どこが？　全然わかんないけど」

「……雇ってあげてもいいんじゃない？」

「は……？」

「泉美ちゃんの知り合いだったら反対しないよ。人手も欲しいし」

「もう、ミッチーそうやってすぐ面白がるんだから……」

泉美はため息をついた。いったい、光井には自分と航の関係はどう映っているのだろう。

「わりと本気で言ってるけど」

光井は楽しそうに笑っている。取引先にもファンが多いというのがうなずける、実にさわやかな笑顔だ。

「ダメだよ。だってほら見て。正社員の経験なし、学歴も資格も特技もなにもなし。住所の欄なんて、錦糸町のネットカフェの名前書いてあるよ？　ホントあり得ない」

「ますます面白いじゃん。なんにも持ってないなんて」

光井は面白いことが大好きだ。だが、光井があの男を推す意味がわからない。

「面白くないでしょう」

「……泉美ちゃん。『星の王子さま』だよ」

「え？」

「『大切なことは、目に見えない』ってセリフ、あるよね？　今がそれなんじゃない？」

光井の言葉を、一度胸のなかに落とし、よく考えてみた。

「……俺たちだって最初はなにも持ってなかった。覚えてる？　二人で会社作ろうとしたときのこと。泉美ちゃんが『ゼウス』に転職してきて……」


七年前、泉美は保険会社を辞め、大手ゲーム会社「ゼウス」に転職した。

「あの！　光井さんですよね？　私、経理部の日高と言います」

泉美は廊下の向こうから歩いてくる光井を見つけて声をかけた。

「あ……どうも」

「……私、光井さんの手がけたゲームのファンなんです。推しは……宝積寺涼介《ほうしゃくじりょうすけ》。彼を生み出してくれて、本当にありがとうございました！」

深々と頭を下げた泉美に、光井は圧倒されていた。

「私、涼介様のちょっと憂《うれ》いを帯びた横顔とか闇を抱えたセリフとか大好きなんです！

刺さりまくりです！」

「ありがとう」

「あ、すみません、なにか勝手に。……失礼します」

急に恥ずかしくなり、泉美はぺこりと頭を下げてその場を立ち去った。

その数日後、泉美は廊下で光井に声をかけられた。

「日高さん、これ、新作ゲームのデモなんだ。試してみてくれないかな？」

「え……」

「率直な感想を聞かせてほしい。どこが面白くて、どこがつまんないか」

「あ、はい……。わかりました」

それから、光井は新作を出すたびに泉美に意見を求めた。

「今回のはユーザーが推せる要素が少なすぎると思います。キャラクターも弱いし、コンセプトも微妙だし」

ある日、いつものように泉美は休憩室で光井に意見をぶつけていた。

「……あのさ。こうして感想もらうようになって一年経つじゃない？」

「そうですね」

「俺、日高さんとだったら、新しい世界が作れる気がするんだよね」

光井は真剣な瞳で泉美を見つめた。

「俺と一緒に、乙女ゲームの会社やらない？」

「はいっ？」

「日高さん、とにかく情熱がすごいし、ユーザーの気持ちを誰よりもわかってるし。それでいて客観性と分析力もある。それってすごい才能だよ」

「いや、あの……」

泉美はわけがわからず、頭が混乱していた。

「日高さんと俺が組んだら、最高に強いと思うんだ」

「いやいや、どう考えても無理でしょう。私、なんの技術もないし、ゲームなんて作れないし」

「それは俺たちのこと使えばいいんだよ。プランナーだって、エンジニアだって、デザイナーだって雇ってさ」

その考えは、目から鱗《うろこ》だった。いや、だからといってこの提案に乗ろうとは思えなかった。

「作るのは俺たちがやるから、日高さんは社長としてゲームを育ててよ。うまくいく気がすんだよなあ、絶対に！」

「……無理ですよ」

泉美は首を横に振った。

「……うーん。じゃあこうしよう？　コイントスで賭けて、俺が勝ったら、検討してみて」

「え？　コイントス？」

戸惑《とまど》っている泉美にかまわずに、光井はコインを投げた。

「はい、どっち？　表？　裏？」

有無を言わせぬ口調で聞かれ「……裏」と答えた。光井がコインを押さえた手を上げる。

「はい、残念！　表でしたー！」

手の甲の上のコインは、たしかに表だ。

「考えるだけでも考えてみてよ。ね？」

そう言って笑う光井の顔は、確信に満ちていた。

そして四年前、光井と泉美はペガサス・インクを興した。

「俺の勘がどんぴしゃ当たって、起業して作ったゲームは大ヒット」

「……あのときのミッチーには感謝してる」

光井に誘ってもらったからこそ、今の自分がある。

「俺たちだってなにもないところから始まったわけじゃん。彼も……ゼロから始めてもいいんじゃゃない？　ここで」

そう言われても……。泉美は黙っていた。

「この先、何者かになるかもしれないよ？」

光井は航の履歴書を手に取った。

「エンタメの基本だろ。なにも持たない奴が成長していくのって。ドラゴンボール、ワンピース、ロッキーにベスト・キッド、レインメーカー、幸せのちから……」

「と、とにかく。あの子は無理。さっきの見たでしょ？」

「育てればいいよ、泉美ちゃんが。理想の王子様にすればいい」

「え……」

「ピグマリオン」

「いや、あれは……」

「オッケー。じゃあ、賭けよう。困ったときのコイントス！」

「えぇ？」

「泉美ちゃんが、彼を一人前に育て上げられるかどうか」

「ちょっと！」

いったいなぜ、光井がこんなにも航を推すのかがわからない。

「いくよ、表が出たら――」

光井はどこからか取り出したコインを投げようとしている。

「はい！　もう終わり！　この話終了！」

泉美は席を立ち、社長室を出た。


夕方、社長室でキーボードを叩《たた》いていた泉美は、タン、とエンターキーを押した。

「終わったぁ」

椅子に座ったまま、思いきり伸びをする。

「さて、ご褒美《ほうび》を」

いそいそとスマホを取り出し、『ラブ・マイ・ペガサス』を起動させた。麗《うるわ》しのケント様が現れ、泉美はうっとりとほほ笑んだ。

『ひまわりは、ひまわりとして咲けばいい。薔薇《ばら》になんてなろうと思わず』

ケント様のセリフに、泉美は「うんうん」と、うなずいた。ケント王子は一輪のひまわりを自分の鼻の近くまで持ってきて『きれいだ』とキメ顔をした。

その顔を見ていつもだったらうっとりするのだけれど……。

「サウサゲ？」

なぜか航の顔が脳内に再生された。

違う違う違う。泉美は首を横に振った。

（なに、今の？　最悪……！　私の癒《いや》しの時間に入ってくるなぁー！）


帰り道、泉美はため息をつきながら歩いていた。結局この日は、ケント様の世界に浸《ひた》りきれず、不完全燃焼だ。

それに……。

「育てればいいよ、泉美ちゃんが。理想の王子様にすればいい」

頭の中では、さっき光井に言われた言葉がリフレインしている。

と、そのリフレインが数人の男の怒鳴り声に変わった。驚いて声のほうを見ると、小さな公園で若い男たちがケンカをしていた。いや、違う。数人の男が一人を殴りつけている。航だ。ということは、殴っているのは先日の男たちだろう。航は抵抗することもなく、ただ殴られている。

「えっ……」

泉美はとっさに視線を逸《そ》らし、足早に立ち去ろうとした。

「……いやあ、でも」

やっぱり見過ごすことはできない。泉美は公園に入っていった。

「なにしてるんですか！　警察呼びますよ！」

「ああ？　誰だ？　テメエ」

リーダー格らしき男がにらみつけてくる。

「そ、その人がなにしたっていうんですか？」

だが、泉美も引かなかった。ここ四年、会社のピンチやトラブルを乗り越えるたびに泉美は強くなっていった。メディアに出ることも多々あったので、度胸もかなりついていた。

「借金して返さねえんだよ。催促《さいそく》すんのは当然だろ!?」

別の男が言う。

「……借金っていくらなの？　百万？　二百万？」

「十万」

リーダーが答えた。

「え？　十万？　たったの？」

泉美はすっかり拍子《ひょうし》抜けしていた。

「ちょうど銀行で下ろしたのがあるから。十万」

そして、バッグから銀行の封筒を取り出した。

「おい、余計なこと」

倒れていた航が、声を上げた。

「いいから黙ってなさい」

泉美はリーダーに封筒を渡した。

「これで、この人を自由にしてあげて」

受けとった男は、封筒の中身をたしかめた。

「ふん。騙《だま》されるほうが悪いんだよ」

最後にもう一発、航にケリを入れて公園を出ていった。仲間たちも、あとに続いていなくなる。

「……ウッ……」

航の美しい顔から、血が出ている。

「どういうことなの？　借金って」

「……関係ないだろ」

航は泉美から目を逸らした。


そのままにしておくわけにもいかないので、泉美は航を自宅マンションに連れてきて、傷を消毒し、手当てを始めた。

「……イテッ」

消毒液がしみるのか、航が顔をしかめたとき、ピンポーンとチャイムが鳴った。

「泉美ちゃん、お待たせ。珍しいね。チャーハンにラーメンなんて」

出前を持って玄関先からひょいと顔を出した蓮は、航を見て目を丸くした。

「え！　男？」

「あ」

航も蓮を見て声を上げている。

「だ、誰コイツ……？」

だが蓮はわけがわからないといった表情を浮かべている。

「いいから。ありがとね」

泉美は蓮を玄関から外に出した。

「どうぞ、食べて」

航にチャーハンを勧めると、まったく遠慮することもなく、ガツガツ食べ始めた。

(服もドロドロだし、血がついてるし……)

まったく、と、泉美は夢中になっている航を見つめた。

「ねえ、水くんない?」

「ください、でしょう?」

(品もないし、マナーもなってないし、言葉遣《づか》いも態度も悪いし)

呆れ果てながらも、立ち上がって冷蔵庫へ水を取りにいった。

(人を脅そうとするし、借金もしてたし……。なにもかも、あり得ない男)

とんだトラブルメーカーだ。

(ケント様とは違いすぎる)

ペットボトルを持ったまま、泉美は横目で等身大のケント様パネルを見た。

「……俺、バカだからさ」

目の前にペットボトルを置いてあげると、航が切り出した。

「携帯の金払うのに、SNSで見た業者に一万円借りたんだ。そしたら、十日後に二万円になって、あっという間に十万に膨らんで……」

「そんなの違法じゃない？　闇金業者でしょう？」

「そうだけど、そこしか貸してくれなかったし。こっちも必死なんだよ。生きてくのに、毎日毎日、必死で……」

そう言うと、航はしばらく黙り込んだ。そして……。

「……あんたの会社……楽しそうだったな」

ボソッと言った。

「え……？」

「文化祭みたいだった……」

「そう言われれば……そうかもね。みんなで好きなものをワイワイ作って、それが仕事になってる」

泉美の会社は、好きなことを仕事にした人間の集まりだ。泉美が言うと、航は無言で床を見つめていた。

「あなたにはないの？　やりたいこととか、夢とか」

「……あるわけないじゃん。なにやってもうまくいかねえし、いいことなんか一つもないし……」

「そんな……人生終わったみたいな言い方」

「終わってんだよ。始まる前から」

「……でも、あなたが自分らしくいられる場所だって、探せばきっと」

「ないよ」

航は泉美の言葉を遮って言った。

「居場所なんて、どこにもない……夢なんて、持つだけ無駄なんだ」

「じゃあ……なんでウチの会社に来たの？」

泉美は航をまっすぐに見つめた。

「なにか変わると思ったから行動したんじゃないの？」

「……あんたが言った言葉の意味、知りたかったから」

いったいなんのことだろう。この子になにを言ったっけ、と、泉美は首をかしげた。

「……悪かった。あんたの会社に突然押しかけたりして。あと、あれも……」

航は棚に置いてあるケント様のフィギュアを指した。

「あんたにとって、きっと大切なものなんだっていうのはわかった。これ食ったら帰るから」

航はズズッとラーメンをすすった。

一人になった泉美は、ゲームの画面を見つめた。

(私が変われたのは……推しに出会えたからだ。乙女ゲームというものに出会って……夢中になれる存在ができて……私の人生は動き出した)

泉美はさっきの、航の暗い目を思い出した。

「居場所なんて、どこにもない……」

航は暗い目をしていた。泉美も保険会社の社員食堂で一人、ご飯を食べているときによくそんなことを思った記憶がある。

(彼は……あの頃の私……?)

そう思った途端《とたん》、泉美は弾《はじ》かれたように立ち上がった。

錦糸町のネットカフェに戻ってきた航は、個室で『ワンピース』の新刊を読んでいた。そこに、カツカツとヒールの音が近づいてきたかと思うと、ドアが開いた。驚いて振り返ると、泉美だ。

「え……?」

いったいなんだというのだろう。泉美はなにかを確信したような表情で航を見下ろしていた。

二人は外に出て、隅田川沿いの遊歩道を歩いていた。

「あなたの時間を、私に預けてくれない？」

「は？」

「私が、あなたを、一人前の男に育てる」

「育てるってなんだよ？　俺は子どもじゃねーんだ。これ以上、伸びねえよ」

「身長の話じゃないわよ！　ホント、バカなのね」

こんなに呆れ果てることもなかなかないだろうというぐらい呆れてしまう。

「バカって言うな」

航はムキになって言い返した。

「とにかく。あなたの居場所は用意するから」

泉美は笑みを浮かべた。そして、宣言した。

「……あなたの人生、私が変えてみせる」

まずは外見からだ。翌朝、泉美は自分のお気に入りブティックのメンズコーナーに、航を連れていった。

黒、紺、茶、白、ストライプ、チェック……。航はありとあらゆるスーツを試着した。

「うーん。今イチ。こっちも着てみて」

泉美が指示をすると、航はうなずいて試着室に消え、スーツを着替えてはフロアに出てくる。

「うん。こっちのほうがいい」

やはり黒いシャツにダークグレーのスーツがよく似合う。

「完璧」

とはいったものの、さっきのもいいし、あれも着せたいし、これも着せたい。

「これとこれとこれもください」

一つには決めきれず、泉美はかなりの数の服を購入した。スーツの値札を確認していた航は、驚いたような表情を浮かべていた。


次は美容院だ。

「前髪、あと1センチ短くして」

もちろん、イメージしているのはケント様だ。カットを終え、鏡越しに対面した航を見て、泉美の心臓はドキリと音を立てた。

会社に向かう道を、ケント様……いや、航と並んで歩いた。どことなく誇らしいような、くすぐったいような、不思議な気分だ。

「なあ、あんたが立て替えてくれた十万だけど」

航が切り出した。

「ああ、うん。いつか返してくれればそれでいいから」

「たった……じゃねえから」

「え？」

「十万は、たった十万なんかじゃない。それだけは覚えといてくれ」

「……わかった」

泉美はうなずき、走ってきたタクシーに向かって手をあげた。そして航と一緒に後部座席に乗り込む。

その様子を、反対側の歩道を歩いていた大学生の古河杏奈《ふるかわあんな》が見ていた。

「航くん……？」

杏奈は走り去っていくタクシーを見送っていた。

会社に到着し、泉美は企画制作部に入っていった。

「みんな、ちょっと聞いて。お知らせがあります」

それぞれパソコンに向かっていた社員たちは手を止め、立ち上がった。

「入って」

泉美が廊下に声をかけると、スーツ姿の航が入ってくる。

「え？」

「ウソ！」

「ケント様？」

「そっくりじゃん」

みんなから、思った通りの反応が返ってくる。

「……あの子か」

光井が声を上げた。

「今日からうちで働いてもらう五十嵐航くんです」

泉美は航を紹介した。

「ええっ？」

光井以外の全員が驚きの表情を浮かべていた。光井はほほ笑みながら、航を見つめている。

「あ、ども」

注目を浴びていた航はちょっと顎《あご》を出すように、挨拶をした。

「みんな、よろしくね」

泉美はにっこり笑った。

(彼を上等な男に育てよう。外見も中身も、最高の王子様に……)

こうして、3次元の男のリアルな育成が始まった——。

2

企画制作部のメンバーは、航を取り囲み、頭のてっぺんからつま先までをしげしげと眺めていた。

「本当に似てる……！」

「顔のパーツも雰囲気も、ケント様そっくり！」

「奇跡の再現率だ……」

有栖川も芽衣も織野もただただ航を見つめている。

「どこで知り合ったんですか？」

マリが泉美のほうを見た。

「えっと……ざっくり言うと……空から降ってきた？」

「はあぁぁ？」

全員の視線が泉美に集まった。そのなかで光井だけが落ち着いた様子で笑っている。

「社長大丈夫ですか？　疲れてます？」

「幻でも見たんじゃあ……」

マリと芽衣は心配そうに泉美を見ている。

「でも、実物はこうして現に……」

織野はまた航を見た。織野と同じぐらい背が高いが、航は頭がひときわ小さく、モデル体型だ。

「ま、まあ……詳しいことは、また今度ゆっくり」

ごまかすように笑う泉美の横で、航はただぼさーっと立っている。

「じゃあ……なんの仕事してもらう?」

光井が泉美に尋《たず》ねた。

「雑用から始めてもらって、あとは適性を見て決めようかな」

「了解。じゃあ、とりあえずアリスについてもらおう」

「わかりました。プランナーの有栖川遼です。よろしく」

有栖川が名乗ると、航は顎《あご》を前に突き出すように挨拶をした。

「プランナーっていうのはゲームを企画する仕事ね。あ、こちらは副社長でディレクターの光井倫久さん」

泉美はまず、光井を紹介した。

「改めましてよろしく。現場監督みたいなもんかな」

光井が爽やかに笑うと、航はまた顎を突き出す。

「システムを作るエンジニアの織野洋一郎さん。デザイナーの小原マリさんと、渡辺芽衣さん」

それぞれを紹介するたびに航は軽い調子の挨拶をした。いかがなものかと思ってみていると、最後に一応「よろしくお願いします」と声に出し、頭を下げた。

「近々インターンの子も来ることになってるし、新しいメンバーと一緒に、頑張っていきましょう！」

泉美が言うと、全員がはい！　と声を上げた。


企画制作部を後にした泉美は、光井と話しながら社長室に向かった。

「さすが泉美ちゃん。本当に入社させちゃうとはね」

「私だって半分大丈夫かなって思ってる。もう……ミッチーが変なこと言うからだよ」

もともとは光井の思いつきで、こういう流れになったのだ。

「いいじゃん、面白そうで……あ、そうだ。今度の金曜日の会食だけど」

「ああ、ＥＴホールディングスの白石社長？」

「知ってる？　白石社長の娘さん、今高校生なんだけど、『ラブ・マイ・ペガサス』のケント様の大ファンなんだよ」

「へえ、そうなんだ！」

「ケント様そっくりのイケメン連れていったら、面白いことになるかもなあ……」

光井はまた思いつきを口にした。

「え、ちょっと待って！　連れてくの？」

「よくない？　だってあんなに似てるんだし」

「いや本当に似てるってだけだから」

口のきき方も、マナーもなにも知らない。会食に連れていくなどとんでもない。

「でもさ……どうして雇うことにしたの？　あんなに嫌がってたのに」

「……ちょっとだけ、昔の私に似てるなって思っちゃって」

泉美は、航が投げやりな口調で（居場所なんて、どこにもない……）とつぶやいたことを思い出して言った。

「私も夢とかなにもなかったけど……乙女ゲームとミッチーに出会って、今の場所にいるでしょ？　彼も……なにかきっかけさえあれば変わるのかなって思ったの。それに、私どうしても許せなくて」

泉美は口を尖らせた。「ケント様とそっくりなのに、中身が全然イケてないなんてあり得ない！」

「なるほど」

光井は苦笑いを浮かべている。

「もちろんまだ彼のポテンシャルも未知数だから、会社のみんなに迷惑かけるようだったら考え直すつもり」

「まあ大丈夫でしょ。少なくとも、会社に履歴書持ってやってくるだけの行動力はあるからね」

「まあ……ね」

「じゃあ改めて、賭けもスタートってことだね。今は何者でもない彼が……果たしてケント様になれるかどうか」

「賭けってことは……育てられたらなにかもらえるってことだよね？」

「そうだな……。泉美ちゃんの最初の推し、宝積寺涼介のレアグッズをプレゼントっていうのはどう？」

「乗った！　絶対ちゃんと育ててみせる……！」

泉美は気合いを入れた。

資料の入力を頼まれた航は、人差し指一本で懸命に打ち込んでいた。

「いやムズッ」

なかなか進まないので思わず声を上げてしまった。

「あの」

打ち込みはとりあえずいったんやめて、社員たちに声をかけた。はい、とすぐに反応してくれたのは織野だ。

「ケント様って……誰っすか?」

「……はい?」

織野は眼鏡の奥の目をぱちくりさせている。

「みんな俺のことケントって呼ぶから、誰かなと思って」

「知らないで入ってきたんかい……」

有栖川が驚いたように言う。

「え、そんな有名人なんすか?」

と、机の上の電話が鳴ったので航はすぐに手を伸ばした。

「はい、もしもーし?」

誰っすか、と聞こうとした航の手から、マリがさっと受話器を奪った。

「失礼しました。ペガサス・インクでございます」

マリが電話の相手と話し始めるのを、航は黙って見ていた。

「ん？　ちょ……あのさ。さっきくれた一斉メールなんだけど……改行はしたほうがいいかな……。宛名もないし。あとここ」

パソコンの画面を覗《のぞ》き込んでいた芽衣が、航から送られてきたメールの一文を指した。本文の最後に『変身願います』とある。

「漢字。変身願いますって仮面ライダーじゃないんだから」

「あっそっか。あれ？　返信ってどう書くんだっけ」

「……それ、本気で言ってる？」

「え？」

問い返した航に、有栖川が「はいこれ」と、一枚の紙を差し出した。

「ビジネスマナーとかうちの会社のルールとかが簡単に、まとめられてる『社員心得』。読んで、気に留めといてもらえると」

「わかりました」

航は流し読みすると、机の上に置いてあったセロハンテープをその紙につけ、部屋のなかを見回した。

「あれ、どこの木ですか？　木にとめるんですよね？」

と、有栖川に聞いたのだが、答えを聞く前に大きめの観葉植物が目に留まった。

「あ、あれか……」

立ち上がり、貼りにいく。

「なにこれ。ゴッゴッ……貼りづら」

首をかしげる航を、みんなが無言で見つめていた。


泉美の手のひらに、有栖川が何かの燃えカスをのせた。

「えっと……これは……？」

机の前には、航以外の企画制作部のメンバーが並んでいる。

「織野さんが書類のコピーを頼んだらしく……。そしたら、洗ったばかりの手でその書類を触ってしまったらしく、乾かそうとしたらしく、給湯室のコンロを使おうとしたらしく……燃えたらしく」

有栖川が説明した。

「……なるほど」

「泉美さん、結論から言ってあの新人くん、無理っす！」

「ま、まだ初日だし……」

「いや、初日とかそういうレベルではないと思います」

いつもは冷静沈着な織野が、けっこう強い口調で言った。

「常識がないっていうか、通用しないっていうか」

「漢字も読めないし書けないし、ていうか言葉知らないし」

女子たち二人も主張し、

「燃やすし」

有栖川は泉美の手の上の燃えカスを指した。

「お、落ち着こう」

泉美はみんなを制した。

「このままだといずれ大きな問題になりかねません！　泉美さんもちゃんと面倒みてください！」

訴えてくる有栖川の横で、みんなもうなずいている。

「わ、わかった」

泉美はそう言わざるを得なかった。

（ヤバいと思っていたけど……これほどとは……）

泉美は屋上のベンチで、ため息をつきながらカフェオレを飲んでいた。

（リアルな男子を育てるなんて……やっぱり難しいのかな……）

もう一度ため息をつきかけたところにスマホにピロン♪と通知が入った。ラブペガのイベント開催のお知らせだ。画面からさわやかなケント様がほほ笑みかけてくる。

（推しは今日も変わらず……尊《とうと》い……）

しばし現実を忘れてうっとりしていると、どこからかズズッと吸引音が聞こえてきた。音がしたほうを見ると、奥のベンチで航がストローでアイスラテを飲んでいた。

（この差！　王子様との差！）

泉美は画面のケント様と、航を見比べた。航は、テイクアウトしたカレーライスの蓋《ふた》を取り、蓋についたルーをペロンとなめた。蓋の裏のルーが、鼻の頭についている。

（うわぁぁぁ……）

ガサツな航は、サラダについていたミニトマトをつまみ上げたが、落としてしまった。そしてためらうことなく拾って、口に放り込もうとしている。

「あー！　ちょっと待った！」

ついに耐えられなくなり、立ち上がった。「あなた、いいかげんにしなさいよ」

「なにが？」

「全部よ、全部！　聞いたよ、みんなからいろいろ」

「いろいろってなに？」

「まずその鼻拭いて！」

泉美は紙おしぼりの袋を取って手渡した。航は素直に鼻の頭を拭いている。

「あなたには、社会人としてのルールを知ってもらいます。まずは言葉遣いとマナー」

「ああ」

航はだるそうに頬杖をついた。

「挨拶とか礼儀とか。人を不快にさせない態度」

「ああ」

「人の話を聞いている時に頬杖《ほおづえ》はつかない！」

「ああ」

「『ああ』じゃなくて返事は『はい！』ね！」

注意している間に、航がまたアイスラテをズズッと吸った。

「それもそれもそれも……落としたものを食べなーい！」

トマトを食べようとしていた航を、慌《あわ》てて止めた。ぜえぜえと、息切れがする。

（ダメだ……NG行為のラッシュに注意が追いつかない）

「めんどくさいなあ……休憩中くらい休ませてよ」

「休ませて……『ください』」

注意をすると、航はこれみよがしに大きなため息をついた。

（なんなのこれ……。王子様への道、遠すぎでしょ……）

どこから手をつけていいかわからず、泉美は途方に暮れた。


夕方、泉美は社長室で取引先と電話をしていた。

「かしこまりました。19時までは会社におりますので――はい。お待ちしております。失礼いたします」

電話を切って、近くのデスクでマナーに関するプリントを読んでいる航を見た。企画制作部のメンバーたちから苦情が出たので、泉美が引き取ったのだ。

「今の敬語、どれが尊敬語でどれが丁寧語でどれが謙譲《けんじょう》語かわかった？」

「……けんじょ……え？」

「謙譲語。謙譲語っていうのは、自分がへりくだるときに使う敬語のこと」

「へりくだ……る……？」

「あ、えっとだからへりくだるっていうのは」

「ヘリコプターが、下に……」

「違う違う！　そのヘリじゃない」

丁寧語や尊敬語など、小学校の国語の授業で習ったような気がするのだが……。

「わかんねーよ……」

「もういいや、たとえばね。『私は会社にいる』。これを社外の人、あ、社外っていうのは会社の人じゃない外の人ってことね、その社外の人に言うときは『私は会社におります』になるわけ」

説明したが、航は聞いているのかいないのか、まるで無表情だ。

「とにかく、社外の人には『おります』。オーケー？」

「ああ……『おります』『おります』……」

「誰だって、失礼な人とは話したくないでしょ？　敬語を使えば、相手に対して敬う意思がありますよってことになるから、気持ちいいコミュニケーションが取れる。きれいな言葉遣いは『無料でできる身だしなみ』なの。ちゃんとメモして覚えといて」

プリントに書き込んでいる航の手元を覗き込んでみたが、字が汚すぎて読めない。

「それ読めるの？」

「わかんない。読めないかも」

「あのさあ……そう思うならもうちょっときれいに書いてくれる？」

「お、やってるね」

そこに光井が顔を出した。


企画制作部のメンバーは観葉植物の葉っぱに貼られた『社員心得』を見ていた。

「僕たちも読みやすくなったな。初心に返れそうだ」

織野が前向きな発言をしたが、

「あの新人くん……相当ヤバいっすよ」

有栖川はハッキリと意見を口にした。

「見た目はケント様そっくりなのに」

「似てるからこそ、余計にアラが目立つ……」

マリと芽衣が目を合わせたところに、光井が戻ってきた。

「みんなだって、最初はそうだったろ？　なにもないところから成長して、一人前になった。彼だって、何者かになれるかもしれないよ……？」

「……まあ、たしかに」

「なんだかんだ言って、泉美さんの勘は鋭いですからね」

織野と有栖川は納得したようにうなずいた。

「ま、ワクワクしながら、まずは様子を見てみよう……ん？　なんでこんなとこに貼ってあんの？」

光井は観葉植物を見て声を上げた。


帰り道、公園の脇を通り過ぎた泉美は、視界の隅になにか気になるものがよぎった気がして、足を止めた。

「ん？」

引き返して公園のほうを見ると、ベンチに航がいた。ベンチでリュックの荷物を整理していたかと思うと、ゴロンと横になった。

「なにしてるの？」

覗き込むと、航は飛び起きた。

「いや、あの」

置いてある航のリュックからタオルや歯ブラシがはみ出ている。

「まさか……ここで寝ようとしてんの？」

「夜涼しいし、けっこういけるよー」

「いけるよーじゃないよ！　どっかしら泊まりなさいよ」

「ネカフェの金がもったいないんだよ。今までは日払いだったけどこれからは給料も月イチじゃん。それまで金が持たない」

「あのねえ……あなたもううちの社員になったんだから、社会人としての常識を考えてちょうだい」

「うっさいなあ……」

伏《ふ》し目がちにうつむいた航の長いまつ毛が、目の下に影を作る。

（くー、こんなときに限って、ケント様に激似）

「……あぁもう！」

泉美は悔《くや》しくなり、声を上げた。


結局、航を連れてマンションに帰ってきた。

「言っとくけど期間限定だからね。ちゃんと家賃払えるようになったら強制的に追い出すから」

「わかってるよ」

航はリュックとボストンバッグを抱え、一応、遠慮がちに入ってくる。

「トイレとお風呂はあっちで……」

「知ってる」

航は泉美の言葉を遮《さえぎ》った。一夜を共に過ごしたことを思い出し、思わず咳《せき》払いをする。

「で、どこで寝ればいいの？」

「あそこの部屋使っていいから」

泉美は階段の上を指した。メゾネットタイプになっていて、上は使っていない。

「わかった」

「さっきも言ったけど、あなたはもううちの社員なの。社会人たるもの、周りの人に恥ずかしいと思われるようなことは……」

「はいはい。あーめんどくさ……」

「めんどくさくない！」

泉美に怒鳴られ、階段を上ろうとしていた航は足を止めた。

「言ってたよね。自分には居場所なんかないって。その人がその場所にいるためには、ちゃんと守らなきゃいけない約束事がある。自分の居場所見つけて、人生変えてみたいって思わない？」

「……育てたいって言ったのは、あんただろ」

かまわず行こうとした航は、棚にきれいに並べてあるケント様グッズにぶつかった。本やCDなどがなだれ落ちそうになる。

「あぁっ！」

思わず手を伸ばした泉美は、キャッチしようとして体勢を崩《くず》した。その泉美を航が支えたが、ケント様グッズは床に散らばってしまった。それも気になるが、抱き止められて顔が近いことが気になり、慌てて体勢を立て直してグッズを拾い集める。

「……ごめん」

航は泉美を手伝い始めた。

「……言っとくけど、同じ家に住むからってヘンな気起こさないでよね。夜這《よば》いなんてしたら即行クビ！」

「……よばいって？　なにが四倍なの？」

「四倍じゃなくて、ヨバ……もういいから！　お風呂入って寝なさい」

もうすっかり、調子を崩されっぱなしだ。

翌朝、泉美はタブレットを見ながらコーヒーを飲んでいた。その横で、航がトーストを食べている。

「さっきからなにしてんの？」

「雑誌読んでるの。見出しだけ見て情報収集して、気になるページは後からしっかり読むことにしてる。あ、そっか……今日か」

泉美は画面をスクロールし、ある女性誌のサイトにアクセスした。泉美のインタビュー記事が掲載されている。誌面の泉美は服装もメイクもばっちり決まっている。

「へえ、なんかセレブじゃん」

「これは世間から求められてる社長の日高泉美。素の私じゃないけど、会社のためにはこういうこともやらないと」

「大変そうだね」

「社長ってそういうものだから」

「ふーん」

「他人事みたいに言ってるけど、あなたも覚えることといっぱいあるでしょ。はい、行くよ……あ。一緒に出社したらヘンに誤解されそう。あなたは先に行って」

声をかけると、航はトーストを無理やり口に放り込んだ。

「ウチに住んでることは、くれぐれも内緒だから」

泉美は念を押し、航を送り出した。

航のこの日の仕事は、お茶くみだ。

「お忙しい中お越しくださり、ありがとうございます」

有栖川が、取引先の草野《くさの》と打ち合わせをしているテーブルにお茶を持っていき、二人のまんなかに、はい、と湯呑《ゆのみ》を置いた。草野がビクリとし、航を見る。

「ちょっと、『はい』じゃないだろ……」

有栖川はすみません、と、草野に謝った。

「え？　あ……お茶っす。ん？　あれ？」

首をひねる航を、草野が「え？」と見上げた。

「そっか……敬語……。お茶が……おります？　お茶がおります！」

航ははりきって敬語を使った。

「……美味《おい》しいお茶とか、そういうことですか」

草野はさらに首をかしげている。

「……えーと……ははは……」

有栖川は顔を引きつらせていた。

その後の社内会議の際に、航は有栖川に叱られた。

「もう社外の人とは、当面話さないように！」

「そこまできつく言わなくてもさ、ねえ……泉美ちゃん」

光井が泉美のほうをうかがう。

「……航くん、アリスに謝って」

泉美は航に命令した。

「……さーせん」

航は顎をほんの少し突き出した。

「よっし……じゃあ企画会議始めっか！　頼むよ、アリス」

光井はピリピリしている空気を吹き飛ばすように、明るい口調で言った。

「……はい。『ランタン・ホールディングス』には一度、出資を断られてしまいましたが、もう一度ぶつけてみたいと思い……新しく企画書を作り直してみました」

有栖川はモニター画面に作成したパワポを表示した。

「コンセプトはズバリ、スローライフを送りながら恋愛する癒《いや》し系乙女ゲーム『恋する森の中へ』です」

「……スローライフ？」

マリが有栖川に尋ねた。

「そう。『どうぶつの森』シリーズの大ヒットも記憶に新しいですが、古くは『アルプスの少女ハイジ』など、多くの人にとって、牧歌的《ぼっか》な生活への憧《あこが》れは普遍的《ふへん》です」

「たしかに。今はキャンプブームだし、ソロキャンとかグランピングとかも流行《はや》ってるし、いいんじゃない？」

「ランタンにもプレゼンしやすくなりますね」

光井と芽衣が賛成意見を言った。

「キャラクターはどうします？」

マリは泉美を見た。

「……三兄弟……」

泉美はつぶやいた。「三兄弟にするのはどうかな？　それぞれのキャラに個性を持たせてヒロインを奪《と》り合うの。しっかり者の長男に、ミステリアスな次男、甘えん坊の末っ子！」

生き生きと話す泉美を、航はじっと見ていた。

「うん、面白そうだ」

「わかりました。ブラッシュアップしてみます」

光井と有栖川が言い、ほかのメンバーも笑顔でうなずいた。

「よろしく。もう一回チャンスもらえるように……頑張ろう！」

泉美が言い、みんなは「はい！」と声を合わせた。


会議が終わり、みんなは自分の席に戻っていった。

「泉美ちゃん。金曜日の白石社長との会食の件なんだけどさあ……」

光井が泉美に声をかけてくる。

「うん」

「さっきその会社の担当の人とも話してて……やっぱり彼、連れていけないかなぁ？」

「え？」

「ケント様に激似の社員がいるって言ったら大喜びしちゃってさあ。なんか白石社長も、ケント様ファンの娘さん？　彼女をぜひ会わせたいって盛り上がっちゃって」

「え、じゃあもう連れていくって言っちゃったの？」

「向こうも喜んでたし……。ごめん。うん。言っちゃった」

「うそぉ……」

泉美は、まだ一人だけ席に座っている航を見つめた。航も顔を上げ、目が合った。似てる。たしかに似ている。でも一抹の……いや、一抹どころじゃない不安がある。

「えぇぇ……」

泉美はどうしても気が乗らないが……。


その夜、マンションに帰った泉美は、航に会食の件を話した。

「会食？　やだよ。そんなめんどくさそうなの」

「業務命令です」

泉美は自《みずか》ら作成したメモを渡した。

『今日はお会いできて光栄です』『いえ、それほどでもございません』などの挨拶や受け答えの言葉に、ちゃんとフリガナを振っている。

「このへんの挨拶だけ覚えといて」

「下のほうのこれなに？」

『この星に手が届けば、キミに贈ろう』『何色にも染まらないキミが、僕を狂わせる』という言葉が、ずらりと書いてある。

「それは、私のオススメの、ケント様キラーフレーズ集」

「はあ？」

「会食に、ケント様のファンの女の子が来るの。会話に困ったら、かっこいい感じでそれ言って」

「『何色にも染まらないキミが、僕を狂わせる』」

航は何気なくセリフを読んだ。そのぶっきらぼうな感じがなんともカッコいい。

「……う、うん、まあ、いいんじゃない？　あとはケント様っぽく佇《たたず》んで一緒に静かにフレンチ食べればオッケー……待って。そうか……フレンチ……」

これはかなりヤバいのでは？　泉美はイヤな汗が湧《わ》いてくるのを感じていた。

小一時間後、蓮が出前を持ってやってきた。

「蓮くん、わざわざありがとう」

「暇《ひま》だったからいいけど……うち一応、中華料理屋だからね」

蓮はテーブルに前菜を並べている。

「ホテルでバイトしてたんでしょ？　手伝ってよ」

「まあいいですけど」

「なんでもやれんだね。ストリートライブもやってたっしょ」

航が蓮に声をかけたのは、泉美にとっては意外だった。

「見てたの？　なんだー、今度声かけてよ。俺、プロのミュージャン目指してるんだ」

明るい調子で言う蓮に、航が「へー」と適当な相づちを打つ。

「じゃあ、始めましょうか」

セッティングを終えた蓮が声をかけると、航が無造作に座ろうとした。

「あ、待って。スーツのボタンは座るときは外すの。シルエットが崩れて、余計なシワが入らないように」

泉美は航に注意した。ちゃんとスーツを着て練習するよう、着がえさせたのだ。

「シワ？　別に大丈夫っしょ」

「うん、大丈夫とかそういうことじゃないから。とりあえず言う通りにして」

泉美が言うと、航はしぶしぶボタンを外して椅子に座った。

「ナプキンを取って、二つ折りにして膝《ひざ》にかける。最初は前菜。ナイフとフォークで食べて……あー違う。外側のものから使っていくの」

適当にフォークを取った航に、泉美はすかさず注意をした。

「内側のほうが、手に近くない？」

「いちいち突っかかんないで」

「あとこれなに？　余り？」

航が指したのはデザート用のカトラリーだ。

「余りとかないから。デザート用」

「意味わかんねえ」

「じゃあ食べるよ。いただきます」

泉美は先を急いだ。とにかく会食の日までに航にマナーを教え込まないといけない。

「うわ、なんかゴミついてる。きったねー」

航は指で黒トリュフを取ろうとしている。

「あああ！」

泉美は蓮と同時に悲鳴を上げた。

「それは黒トリュフ！　食材！」

「あー、もうやめやめ」

航は椅子の背にだらりともたれた。

「勝手にやめないで」

「まだ、前菜だけど……」

蓮もじっとテーブルの上の料理を見ている。

「なんでこんな面倒なことしないといけないの？　ナイフがどうとか食べ方がどうとかさ。ただのカッコつけじゃん」

「……カッコつけなんかじゃない」

泉美は、拳《こぶし》をギュッと握りしめて言った。「フレンチに限ったことじゃなくて……マナーやエチケットっていうのは、周りの人に不快感を与えないための気配りで……いろんな立場の人が人間関係をうまくやっていくために、少しだけ必要なことなの」

「……みんな好きにすりゃいいのに」

航には泉美の思いは伝わらなかった。

泉美は弱りきっていた。

（どうしよう……。彼を育てる自信がなくなってきた……）

デスクのカレンダーをチラッと見る。

（会食までもうすぐだし……）

今日は水曜日。会食は明後日だ。

「あ、またこのアカウント、公式に感想寄せてくれてる」

『ラブ・マイ・ペガサス』の公式ＳＮＳをチェックしていた有栖川が声を上げた。

「『ラブラブケント』さんね。フォロワーも多いんだよね」

「コメントも的確なんだよなあ……。新イベントのルートの分岐がうまくいってないんじゃないかとか」

織野の言葉に芽衣が「絶対わかってる人だよね」とうなずいたとき、光井が入ってきた。

「みんな、ちょっといいか」

その言葉に、全員が立ち上がった。光井はショートカットの可愛らしい雰囲気の女の子を連れている。

「今日からインターンで入ってくれる古河さんだ」

「初めまして。古河杏奈、大学三年生です。よろしくお願いします」

「社長の日高です。よろしくね」

泉美はにっこりと笑いかけた。

「……わぁ。日高泉美だ……」

杏奈の反応に、泉美は首をかしげた。

「あ！　す、すみません！　私、あの、日高さんに憧れてて、ラブペガ大好きで、『ラブラブケント』なんて恥ずかしいアカウント名でＳＮＳやってたりしてて」

杏奈はすっかりテンパっている。

「え？『ラブラブケント』ってあれ、あなたなの？」

芽衣が声をかけると、杏奈は「はい」と返事をした。

「そりゃ優秀だわ」

有栖川が言う。

「新人くんより使えそう」

芽衣は小声でつぶやいた。

「あ、これ読んでおいて」

マリは観葉植物に貼られた『社員心得』を指した。

「え」

杏奈は面食らっているが、なぜそこに貼ってあるかは誰も説明はしなかった。

「あれ？　王子様は？」

光井は部屋の中を見回した。

「おつかいに行ってもらってます」

織野が答えた。

おつかいから戻ってくると、廊下に貼ってあるケント王子のポスターをうっとりと眺めている女性がいた。マリでも芽衣でもないので誰だろうと見ると……。

「杏奈？」

航は声を上げた。

「え？　え……うそ？　航くん？」

杏奈は驚きの表情を浮かべていた。

その日の帰り、航は杏奈と一緒に帰った。

「ホント驚いた。すごいね。『ペガサス・インク』で働いてるなんて」

「いろいろあってたまたま入れてもらっただけ……。迷惑かけてばっかり。全然役に立ってない」

「そうなんだ……でも……元気そうでよかった。どうしてるかなって、ずっと思ってたから」

「え……？」

「高校中退して、どこに行ったかわからなくなってたから、心配だったの……。また会えて、嬉しい」

杏奈が航を見上げてにっこり笑う。幼なじみの杏奈は、航よりいくつか年下だ。

「杏奈は……この会社、入りたいの？」

「うん。乙女ゲーム大好きだし……日高社長のこと、尊敬してるんだ。キラキラしててカッコよくて。憧れる」

そう言う杏奈の目も、キラキラと輝いていた。


マンションに帰ると、泉美がパソコンを打っていた。格好は部屋着だが、働く女性の凛々《りり》しい後ろ姿だ。

「お帰り」

航がかえってきた気配を感じたのか、パソコンに向かったまま、声をかけてきた。

「……家に帰ってまで、毎日仕事なんだ？」

なんでこんなに働くのか、航には意味がわからない。

「日中は打ち合わせやら取材やらで、こういう調べ物とかは夜じゃないとできないから。うわ……チャットもたまりまくってる……」

そんななか、スタッフから次々とチャットが入ってきたようだ。

『社長、原案のチェックお願いします』

『キャラクター、A案とB案どちらがいいですか?』

泉美はそれぞれに返信を打っている。

「……なんでそんなに頑張るの?」

「え?」

「社長なんだし、もう成功してるし……別にいいじゃん。そんな必死にならなくても」

「……一度船を漕《こ》ぎ出したら、漕ぎ続けないといけないんだよ」

そう言うと、泉美は手を止めて振り返った。

「航くんはなにかある? 今まで頑張ってきたこととか」

泉美に言われ、航は高校一年生のあの日のことを思い出した。

賞状をもらった航は、母に見せたくて急いで帰ってきた。でも、小さなアパートの玄関を開けると、そこには……。

「別に……ない」

あのとき、持っていた賞状を握りしめたように、航は拳を握った。そして階段を上り、自分の部屋に戻っていった。

その後も、泉美は仕事を続けた。夢中になってパソコンを打っていたけれど、さすがに目も疲れてきた。うーんと伸びをして時計を見ると、もう深夜二時近い。

（たしかに、ときどきふと思う。なんでこんなに頑張ってるんだろうって）

早く寝なくちゃ、と思いつつ、泉美はスマホで『#ラブマイペガサス』と検索した。

『ケント様サイコー！』『新イベのケント様フレーズ神すぎて死ねる』など、ポジティブな意見がどんどん出てくる。でも、なかには『あの会社ラブマイペガサスだけじゃね？』『日高泉美オモテに出すぎ。勘違いしてない？』というネガティブコメントもちらほらある。

（……漕ぎ続けないといけない。そこで止まったら、溺《おぼ》れちゃうから）

泉美は、さっき航に言った言葉を、改めて自分に言い聞かせた。

翌日、航は企画制作部で仕事……といっても簡単な作業をしていた。

「この長男の顔、目の位置をもう少し上げてみようか」

光井が、芽衣がパソコンで描いたキャラクターを見て、指示を出す。

その言葉を聞いた航は、プリントアウトした数枚のキャラクターの顔を見ていた。でも眠くて、あくびが出てしまう。

「……せめてそういう態度くらいは改めろよ」

有栖川が航に注意をする。

「いや……これって、どれも同じじゃないんですか？」

「同じに見えても、ちょっとずつ変えてあるんだ」

光井に言われ、もう一度、用紙をよく見たけれど、やはり同じように見える。

「……同じに見えるなら、やる意味あんのかなって」

「いいかげんにしろよ！」

有栖川が声を上げた。「小さな違いが大きな差につながるんだ。みんな、1ミリ単位にこだわって作ってんだよ！」

「いや、でも……」

「まあ、経験積めば、違いがわかる男になっていくさ」

光井が穏《おだ》やかな口調で止めに入る。

「ごめんアリス。まだ彼、この業界のことなにも――」

ちょうど部屋に入ってきた泉美も航をかばってくれたが、

「いや、これはやる気の問題です」

有栖川はもう勢いを止めることができない。「態度に出てんだよ。やる気がないなら来るな。迷惑だ」

　きっぱり言うと、有栖川は航を無視して仕事を再開した。複雑な気持ちでいる航を、杏奈が心配そうに見ていた。


　その夜、航がベランダで会社のことを考えていると、泉美が出てきた。

「あのさ……会社で働くの……大変だったら、無理しないでいいよ」

「え……」

「そもそも私があなたを育てるって言って、うちの会社に引っ張り込んだわけだし。あなたがそれをいいと思わなかったら、こっちも無理強《じ》いはできない。でも……明日の白石社長との会食だけは、出席してもらえないかな。もう約束しちゃったから……お願い」

　泉美は頭を下げた。

「……うん」

「……ありがとう。明日が終わったら……あとは……好きにしていいから」

　翌日、出勤した航はデスクの上に置いてある長男のキャラクターのデザイン画をじっ

を休憩室に連れ出した。

光井が近づいてきた。そして「ちょっと、いい？」と、航を休憩室に連れ出した。

「昨日との違い、わかる？」

と見ていた。

自販機で缶ジュースを奢《おご》ってくれた光井が昨夜、泉美に聞かれたのと同じようなことを聞いてくる。「そうだよな……。全部知らない環境に入ってイチからいろいろ言われたら、そりゃあ、やんなるよ」

「大変か？　ぶっちゃけ」

「……そんなんじゃないけど」

「……でも、泉美ちゃんは本気で君を育てようと思ってる。それは、泉美ちゃん自身が、何者でもなかった頃の自分を知っているからだよ」

「何者でもなかった頃の……自分……？」

「彼女もゼロから始めて……一生懸命頑張ってゲームをヒットさせて。それで、今の日高泉美っていう存在になった。でもそれで終わりじゃない。どんな評価も受け止めて、これから先も、ずっと進んでいかなきゃいけないんだ」

光井に言われ、航は泉美が「一度船を漕ぎ出したら、漕ぎ続けないといけないんだよ」と言っていたことを思い出した。

「そんな泉美ちゃんが君を会社に入れたのは、君だって何者かになれるかもしれないって、彼女がそう思ったからじゃないかな。俺も……まだ諦《あきら》めるのは早いと思うけどね」

そう言って、光井は休憩室を出ていこうと歩き出した。

「もちろん君の人生だし、君がどうするか決めればいい。あ、今夜の会食、よろしく」


その夜、泉美は航を連れ、レストランに向かった。社長の娘のために、ケント様と同じ髪型にセットした航は、惚《ほ》れ惚れするほどだ。と、入口で合流するはずだった光井から、電話がかかってきた。なんと、会食に来られそうもないという。

「うそぉ？」

「ごめん……急きょイベントでエラーが起きたらしくて！　俺、対応するから泉美ちゃん、そっちお願い」

「わかった……」

泉美は電話を切り、航を見た。「……ミッチー来れなくなった」

「マジ……」

「私たちで頑張ろう。来てくれてありがとう。今日までのお給料は……ちゃんと出すからね」

泉美は航の胸ポケットのチーフを整え「……行こう」と、店内に入った。

フルコースのテーブルセッティングがしてある席に着き、ちらっと航を見た。航はあまりにも豪華な雰囲気に圧倒されているようだ。

「あれ？　奇遇だね」

声をかけられて見ると、井上がいた。この前もばったり会ったばかりだ。

「どうも。井上くんも会食？」

「ああ。ランタン・ホールディングスの水嶋社長と」

「え？」

「タイアップの話、大詰めなんだ。んじゃな」

井上は得意気に店の奥へ歩いていった。

「誰？」

航が声をかけてくる。

「前の会社で同僚だった井上くん。プランナーなんだけど、ランタンとのタイアップの話、進んでるみたい」

そこへ、会食相手のＥＴホールディングスの白石社長が、部下の佐々木《ささき》と娘の菜美《なみ》を連れて現れた。

「日高社長、今日はどうもありがとうございます」

佐々木が声をかけてきたので、泉美は立ち上がった。

「社長の白石です」

「日高と申します。今日はお忙しい中、お時間を――」

と、挨拶をしかけたところ、白石が航を見て「おお！」と声を上げた。

「彼が例の……たしかにケント様の生き写しですね」

そう言った白石の横で、娘の菜美は顔を真っ赤にしている。

「菜美、挨拶しなさい」

「……よ、よろしくお願いします」

頭を下げた菜美に向かって、航はぎこちなくほほ笑んだ。

「今日は、お会いできて光栄です。よろしくお願いします」

航が挨拶できたことに泉美が驚いていると、

「『この星に手が届けば、キミに贈ろう』」

と、すかさず菜美に向かってセリフを言った。菜美はさらに照れてしまい、うつむいている。

「はっはっは。まったく恥ずかしがって」

白石は楽しそうに笑っていた。


会食はなごやかに進んでいた。だが食事が終わりに近づいてきたので、泉美は佐々木と話を詰め始めた。

「なるほど。では、製作委員会方式はお考えではないと」

「ええ、できれば、一社単独での資金調達を考えています」

「それはリスク分散の考えからしても、やや不安ですね……」

「不安箇所は拭《ぬぐ》えるよう、企画段階で十分に考慮しているつもりです」

「……どうでしょう、社長」

佐々木が白石に意見を求めている。

そんなやりとりのなか、航はメインの肉料理と格闘していた。赤ワインソースのかかった肉が硬くて、うまくナイフが使えない。ちらっと前を見ると、菜美がうっとりと航の顔を見ていた。下手なことはできないと思うと、さらに緊張してしまう。

「なんとかご検討いただけませんでしょうか」

泉美が言ったが、白石は難しい顔で考えている。

「あっ！」

そのとき、航のお皿から肉が飛び跳ねてしまった。空高く飛んだ肉は飛距離を伸ばし、菜美の顔に直撃して転げ落ちた。

「あぁ！　すいません！」

「だ……大丈夫ですか？」

航と泉美はすぐに声をかけたが、菜美の白いドレスには赤ワインソースがべっとりとついてしまっている。

「申し訳ございません！」

泉美は深く頭を下げた。菜美は今にも泣きそうな顔をしている。こういうときはどうしたらよかったのかと、航は必死で頭を巡《めぐ》らせた。

「あ、あの……『何色にも染まらないキミが、僕を狂わせ……』」

「今じゃない！　今じゃない！」

泉美が小声でささやきながら、航を肘《ひじ》でつついてきた。

立腹した白石たちを、泉美は航と一緒に店の外まで見送り、背中が見えなくなるまで頭を下げ続けた。

「すいません……」

顔を上げた航は、隣にいる泉美に謝った。

「……ううん。どっちみち条件が合わなかったから断られてたと思う。まあ……『ラブペガ』のファンはたぶん……一人……減ったけどね」

泉美はため息をつきながら言った。「……覚えてくれたんでしょ。教えたこと。その気持ちが嬉しかったよ」

じゃあ戻ろうか、と、二人で店内に戻った。すると、井上と十蔵が出てきた。

「水嶋社長、もう一度チャンスを……！　お願いします！」

必死で十蔵にすがっていた井上は、泉美がいることに気づいて気まずそうな顔をした。

と、十蔵が泉美に気づいて足を止めた。

「……日高社長、でしたね。ペガサス・インクの」

「はい。先日は、突然お邪魔して失礼しました」

「あれはなかなか熱いスピーチでした。日高社長は面白い方ですね」

十蔵は笑っている。「あらためて、場を設けましょう。もう一度、企画について、お話を聞かせていただけますか」

「本当ですか！　実は、新しい企画をご提出しようと思っていまして……」

「そうでしたか……。ぜひそちらも拝見したい」

「ありがとうございます……！」

泉美が頭を下げたので、航も下げている。

「社長。表までお送りします」

井上が声をかけると、十蔵は「では、失礼」と、歩き出した。


テーブルに戻った泉美と航は、帰りじたくを始めた。

「やったじゃん」

「うん。水嶋社長に思いが伝わった……」

会食は失敗だったが、意外な展開になり、泉美自身も驚いていた。

「日高。おまえ、なにか勘違いしてないか。別におまえの実力が認められたわけじゃないからな」

そこに、井上が戻ってきた。「マスコミに出てチヤホヤされて、どうせかわいい女社長と思われてるだけだ。だっておまえ、なにもしてないじゃん。クリエイティブなことは全部スタッフまかせ。なのに手柄は社長が総取り」

井上が一方的に言うのを、泉美は黙って聞いていた。航は拳をぎゅっと握っていた。

「水嶋社長だって、おまえが女社長としてもてはやされてるから声をかけたんだ。いい気になんなよ！」

井上の言葉に耐えられなくなり、航は衝動的に近くに置いてあるデキャンタを手に取り、頭から水をかけてやった。

「わっ、ちょっ。なにすんだ！　ふざけんな。なんてことしてくれたんだ‼」

びしょ濡れになった井上が、航を睨《にら》んでいる。

「人を不快にしないのが、マナーだと教わりましたんで」

航は平然と言った。

「はあ？」

「そっちこそマナー違反でしょ」

航の言葉を聞いて、泉美はくすっと笑った。

「ごめんなさい。私の育て方が悪くて」

啞然《あぜん》としている井上の前で、泉美は「行くよ」と、航の腕を取り、ダッシュした。

「おい！」

背後で井上が叫んでいるが、かまわずにぐんぐん速度を上げた。

もう息が切れて走れない。しばらく走って、泉美は立ち止まった。

「もう……あれはやりすぎだよ」

肩で息をしながら、泉美は航を見た。

「……ごめん」

「……謝らなくていい」

「え？」

「やりすぎだけど……スカッとした」

そういうと、泉美は遊歩道にあったベンチに腰を下ろした。「でも……井上くんが言ってたこと、全部間違いってわけじゃない」

話し始めた泉美を、航は黙って見下ろしている。

「社長として取材受けたり、評価されたりしてるけど、実際はただ、みんなの期待に応えなきゃって、水面下でいつも足バタバタさせて……ギリギリなんとかやってるだけ」

「……でも……泉美さんが頑張ってるから……ほかの人も頑張れてる……っていうか」

航は一生懸命言葉を探しているようだ。「俺は……なんて言うか……すごいって思ったよ。見えないところで動いて……表にも出て……指示とかも出して。たぶん……ほかの人も、そういう泉美さんを知ってるから……頑張ってるんだと思うし」

航の不器用な言葉に、不覚にもジーンとしてしまった。

「……知らなかったよ」

航はさらに言う。「何者かになるのって大変だって思ってたけど、何者かでい続けるのは、もっと、大変なんだなって」

その言葉に、鼻の奥がツンとしてきた。でも唇をぎゅっと噛《か》みしめ、どうにかこらえた。そんな泉美に、航がなにかを差し出した。手に取ると、紙のおしぼりだった。

「……そっちじゃない」

「え」

「こっち」

泉美は航の胸ポケットのチーフを抜き取り、ごまかすように笑って、涙を拭った。航は泉美の涙を見ないようにするためか、背中合わせに腰を下ろした。背中になんとなく航の気配を感じながら、泉美はしばらくそこで夜空を見上げていた。


翌朝、目を覚ました航は、すぐに敬語のプリントを手に取った。チラッと目を落としてポケットにしまい、リビングに下りていった。

「……おはよう。あ、コーヒー飲む？」

泉美はどこか照れくさそうな表情を浮かべている。

「あの……会社のことなん……ですけど」

「……うん」

「俺、もうちょっと頑張ってみたい……です。会社も辞めないし、マナーも、ちゃんと覚えたいと、思って、おります。だから……」

たどたどしい敬語を使って話している航を見て、泉美はほほ笑んでいる。

「もっと、俺にいろいろ教えて……？　教えて……えっと……」

航はポケットから敬語のプリントを取り出して見た。

「あ……教えて……ちょうだい！」

そう言って頭を下げている。いろいろな敬語のなかから『頂戴します』をチョイスしたようだが……。

「はいアウトーー、もうそれタメ口」

泉美はアウトのコールをした。

「え？　マジでぇ……」

航はがっくりしていた。

「失礼なこと言って、すみませんでした」

出勤した航は、企画制作部のメンバーに頭を下げた。泉美はその様子を光井と杏奈と共に見守っていた。

「俺、ゲームのことまだなにもわかってなくて……。でも……あの……これから頑張ります」

航は近くのデスクに並んでいた2枚のキャラクターデザインの用紙に視線を移した。

「……正直、まだ違いとかはわからないですけど……」

「それは……同じの2部コピーしただけだから」

織野に言われ、悔しくて「えぇぇ」と声を上げた。すました顔で作業をしている有栖川以外のみんなは、そんな航を見て笑い声を上げた。

「頭を下げるっていう礼儀は覚えたみたいだね」

光井に言われ、泉美は「ちゃんと教育しました」と、少しだけ得意な気持ちで言った。

「お……じゃあ、育てるのは継続？」

光井の問いかけに泉美がうなずいたとき、スマホが着信した。

「はい、日高です。——わかりました。よろしくお願い致します。——はい。失礼致します」

電話を切った泉美は、くるりとみんなのほうを振り返った。

「ランタンから。来週、来てくださいって」

電話の内容を報告すると、みんなは「おおぉ……！」と、歓声を上げた。

「新しい企画『恋する森の中へ』。絶対実現させましょう！」

「よーしみんな、頑張ろう！」

光井が声をかけると、みんなはさらに盛り上がり、それぞれの作業に戻っていった。

航はよくわかっていない様子だったが、それでもどこか嬉しそうな顔をしていた。

3

泉美と光井は『ランタン・ホールディングス』にやってきた。どちらからともなくエントランス前で立ち止まり、そびえ立つビルを見上げる。泉美は光井を見た。その視線に気づいた光井が泉美を見返し、小さくうなずく。二人は意を決し、入っていった。

「すみません……。朝早くからお越しいただきまして……」

会議室に通された泉美は、光井を小島に紹介した。

「メディア事業部の、小島と申します」

「『ペガサス・インク』副社長の光井です」

「今回のゲームのディレクターも光井が担当します」

泉美が言い、一通り挨拶が終わると、小島がおかけくださいと言った。

「新しい企画書もありがとうございます。かなりよくなっているなあと思いまして」

「あのー、その前に……今日水嶋社長は……」

泉美は小島の言葉を遮《さえぎ》り、気になっていたことを尋《たず》ねた。

「あ、そうなんですよぉ。申し訳ありません。水嶋は別件でどうしても参加できずでして……」

「そうですか……」

レストランで会ったとき、もう一度話を聞きたいと言ってきたのは十蔵だが……。泉美は落胆を隠せずにいた。

「ですので、本日は私たちで、企画書の、さらなるブラッシュアップを図れればと」

「さらなる……ブラッシュアップ……？」

光井は顔をしかめた。

「いや、送っていただいたものも非常によくなっているとは思うんですけれども……今日は水嶋の意向も聞いてきておりますので、そのへんをすり合わせできたらなと……」

結局その日、泉美たちは会社に企画を持ち帰った。


『ペガサス・インク』に戻った泉美たちは、企画制作部のメンバーに打ち合わせでのやりとりを報告した。

「じゃあ……先方の意向を汲んで、もう一回企画書作り直すってことですよね」

二人の報告を聞いた有栖川は、がっくりと肩を落としている。

「ああ。悪いな、何度も」

光井はみんなに詫《わ》びた。

「その後はどういう動きになったんですか」

織野は泉美を見た。

「来週火曜日に、水嶋社長に直接会って最終プレゼンすることになった。そこで正式に出資してもらえるかどうかが決まる感じ」

「え、あと一週間もないじゃないですか！」

「うわー、シビれるー」

芽衣とマリが悲鳴を上げた。

「修正箇所はまとめて、明日までにみんなに共有する」

「ちなみに、向こうの注文、わりと多めです」

泉美と光井の言葉に、メンバーたちは顔を曇《くも》らせた。

「ここからはランタンの小島さんとも確認しながら進めていけると思う。制約もあるけど、これは『ペガサス・インク』のゲームだから。自信を持って、私達の作りたいものをぶつけましょう！」

泉美はどうにか士気を上げようと、みんなを見回した。

「よし、頑張ろうみんな！」

さらに光井が言う。

「やりましょう」

「よし！」

ようやく声が上がり、メンバーたちはそれぞれの席に戻った。そんな様子を、杏奈はほほ笑みながら見守っていたが……。

「あ、あとさ……なんか一人、足りなくない？」

泉美はさっきから気づいていたことを口にした。

「……知りませんよ、もう……」

有栖川は呆《あき》れ顔だ。

「王子様でしたら、今も会議中です」

織野は会議室の方を見た。泉美たちが帰ってくるまで、企画制作部のメンバーで会議をしていたようだが……。

航は会議室で一人、席に座ったまま、爆睡していた。

その夜、帰宅した泉美はパソコンで企画書を見直していた。

「大丈夫かなぁ……」

つぶやきながら顔を上げると、航が渋い表情で『ゲーム業界の基本知識』という本を読んでいる。泉美はそんな航を無言で見つめていた。

(どうしたの?)

ケント王子がスッと立ち上がり、泉美の顔を覗《のぞ》き込んだ。

(……ううん。平気)

(いいんだよ。不安なら、全部僕が受け止める)

ケント王子が背後から泉美をふわりと抱きしめた。

「……ケント様」

泉美はうっとりと目を閉じ、ケント王子に身をあずけた……。

でも目を開けると……本を読みながら頰杖《ほおづえ》をついて眠っている航がいた。

(あのときはカッコよかったのに)

遊歩道のベンチで涙をこらえる泉美に紙のおしぼりを差し出したときのことを思い出す。だけど、目の前の航は、眠っているうちに頰が引っ張られ、情けない変顔になっている。

「顔」

泉美は持っていた紙の資料を丸めて、パコーンと航の頭を叩いた。

「昼間も居眠りしてた奴が、まだ寝るんかい……！」

「あ、ん……」

目を覚ました航は、まだ目が半分ぐらいしか開いていない状態だ。

「ようやくちょっとやる気になってきたかと思ったのに。読めた？　それ」

「……最初なんだからそんな一気に読めねーじゃ……」

と、言いかけたかと思うと「お読みに……なられ……ませんよ」と、言い直した。

「いやその敬語も違うから」

「覚えたてなんすよー」

「自慢げに言うな」

すかさず言うと、航はしゅん、と落ち込んだ。まったく、子どもか、と言いたくなるくらい感情の起伏《きふく》がわかりやすい。でも航の落ち込んだ顔を見ていたら、かわいそうになってきた。

「家の中では、敬語じゃなくてもいいよ。でも、会社ではしっかり使えるようにならなきゃダメだからね」

「はい」

「あと、それも、この会社でやっていく上で大事な知識だから。すみやかに覚えるように」

「てか、なんでみんな、こういう難しい言葉使って話すんですか?」

航は『ゲーム業界の基本知識』を泉美に向けた。

「みんな?」

「今日の会議とか。あれマジで地獄だったぁ……」

航によると、今日の午後、有栖川が音頭を取り、会議が始まったが……。

(うちの会社、アイテムの考案やコアファンの開拓には成功してるから、課金率やＡＲ《アー》Ｐ《プ》Ｕを上げるのは得意だと思うんです。そのなかでさらに売上を上げるには、どうしたらいいか……はい！　杏奈ちゃん！)

(ＤＡＵを、増やすべきじゃないでしょうか)

杏奈が答えると、マリも芽衣も、あまりの優秀さに、このまま就職してほしいと感動の声を上げた。

(その通り。では、ＤＡＵを増やすにはどうしたらいいか……)

(ログインボーナス……)

(はい。毎日遊んでくれる人を増やして、ＫＰＩを増やしていけば……)

有栖川が発する意味のわからない言葉を子守唄に、航はすっかり寝落ちしてしまったのだという。

「もう外国かと思ったぁ」

小学生のようなことを言う航に、泉美は思わず「外国行ったことあるの」と尋ねた。

「ないけど」

その答えに、ずっこけたくなる。

「あんな難しい言葉で話す意味がわかんないんすよね」

「わからないなら調べようとか、知らない世界を知ってみたいなーとか、そういう気にはならないわけ?」

「ならないすね」

「なれよぉ……」

「覚える意味がわかんないんですもん」

「意味があるかどうかは、覚えてみなきゃわからないじゃない」

「覚えるまでが大変なんですよ」

「だから。騙されたと思って一回覚えてみなさいって!」

「俺、そんな簡単に騙されないんで」

「……もう、なんなの……もういい。わかった」

泉美は航の前にＩＴの専門用語集や新聞、小説を次々に置いた。

「これ毎日読んで、感想を書いて私に提出して」

（彼に教えてあげなきゃ……。物ごとを学ぶ意味を！　大切さを！　その先に見える景色の素晴らしさを！）と、思いを込めながら、真剣な瞳《ひとみ》で航を見据《みす》えた。

「俺こういうのムリなんすよ。多いじゃないですか。文字」

航は用語集を開いて顔をしかめ、すぐに閉じた。

（……できるかなぁ？）

泉美の胸に芽生《めば》えかけていた希望は、早くもしぼみそうだた。


最終プレゼンまで、あと四日。

「はいこれ」

企画制作部に入っていった泉美は、航のデスクにプリントを置いた。

「なんですかこれ？」

マリが泉美に尋ねてくる。

「ゲーム用語の穴埋め問題」

「あーなるほど」

マリは納得だとうなずいた。

「えっ？　俺がやるんですか」

航はぽかんと口を開けて泉美を見ている。

「ほかに誰がやるんですか？」

「うっわ、ムズ」

「わからなかったら調べて埋めて。あなたには『知ろうとする大切さ』を理解してほしいの。帰りまでに提出ね」

「えー」

航が口を尖《とが》らせたとき、光井が入ってきて企画会議を始めようと声をかけた。メンバーたちは立ち上がり、会議室に入っていく。

「行こ」

杏奈に肩を叩かれ、航も立ち上がった。


「ランタン側からは……あそこの中核事業でもある、アウトドア事業。それをもっと生かしてほしいと要望があった」

「アプリゲームというインドアで成立する遊びのなかに、アウトドアの魅力をどう入れるか、考える必要があるかな」

泉美と光井の説明を聞き、メンバーたちがうなずくなか、航は穴埋め問題のプリントを見つめていた。

会議は進み、光井がホワイトボードにそれぞれが出した案をまとめ、メンバーたちは自席に戻って作業を始め……。

その間も、航はずっと自分のデスクで穴埋め問題のプリントを眺めていた。とはいえ、ほぼ半目状態だった。


夜、泉美が蓮を連れて企画制作部へ入ってきた。ちょうど有栖川が作成した企画書の雛形《ひながた》が出来上がったらしく、光井がチェックをしていた。

「いいじゃん、アリス」

「ありがとうございます！」

泉美はそのタイミングで声をかけた。

「みんな、差し入れ！　みんなで食べよう。ここの炒飯《チャーハン》、美味《おい》しいから」

「じゃあ、飯にしますか」

光井が言うと、メンバーたちはおおいに盛り上がった。だがゆっくり食べている時間はない。素早く食べ終えた泉美と光井は、企画のデータを確認し始めた。体が大きいわりに、食べるのが遅い織野は、背筋をピンと伸ばし、ゆっくりと咀嚼《そしゃく》しながらも、資料をチェックしていた。

「なに見てるの？」

マリはイヤホンで動画を見ている芽衣に声をかけた。

「サバンナの動物たち。デザインの参考にしてて。一回でいいから、この子たちみたいに開放的に生きてみたいですよね」

芽衣はマリに同意を得ようとしたが、

「いや、あんまり……」

マリは首をひねっている。

有栖川も、食べながらの作業だ。でもその横で航がガツガツと炒飯を食べている。

「まったく……こういうときは、しっかり起きてるんだな」

有栖川は航に皮肉を言った。

「どういうことっすか」

航も挑戦的な口調で言い返した。

「あのなあ」

有栖川は勢いよく立ち上がった。

「まあまあ……。平和に食べよう。な」

光井はアリスを目顔で制すと、今度は航のほうを向いた。

「航くんってさ、今どのへんに住んでるの」

「え？」

航が顔を上げ、口を開きかけたが、

「あ、たしか、錦糸町の……ほうって……言ってなかったっけ」

泉美は慌《あわ》てて声をかけた。航がきょとんとした顔で見ているが、余計なことを言うなよ……と、目で合図を送る。

「じゃあわりとここから近いんだね」

「ああー……はい」

「そっか。え、彼女とかいるの？」

光井が問いかけると、杏奈が顔を上げて航を見た。

「いや、いないですよ」

「本当？　いやモテるっしょ」

「モテないですよ」

「でもぶっちゃけさ、アレじゃない？　大人だしさ、ワンナイトくらいあるで……」

「あるわけないでしょ！」

泉美が急いで否定したので、部屋にいた全員が驚いて顔を上げた。

「……きっと、おそ……らくは」

ごまかすように笑ってみたが、まったく、冷や汗ものだ。

「てか光井さんさっきからどうしたんですか」

航に問いかけられ、光井は「何が？」と、首をかしげた。

「光井さん、大丈夫ですって。光井さんの気遣《づか》いとか、どうせ彼わかんないですから」

有栖川が言う。

「どういうことですか」

航はさっきと同様、不愉快そうに有栖川を見た。

「光井さんは、このチームに貢献《こうけん》できないおまえが引け目を感じないように、気遣って
しゃべってくれてるんだよ」

「いや、そんなことないよ」

光井は否定したが、

「え、ちょっと意味わかんないんですけど」

肝心の航はわかっていない。

「わかんないだろうな」

「俺だって、みなさんについていけてないことぐらいわかってますよ。でも入ったばっかりなんだからしょうがないでしょ」

「しょうがないじゃ済まされないんだよ！」

「アリス、落ち着こう」

光井は再び止めに入った。

「……いいよもう、わかんないならこっちも仕事振らないだけだし」

「なんなんすかその感じ」

喧嘩《けんか》腰な口調で立ち上がった航に、泉美はスッと近づいていった。

「はいはいそこまで。それより、できたの？　それ」

航のデスクの上のプリントを指す。

「いや……」

「ちょっと、全然進んでないじゃん」

「だって……」

「言い訳しない。まずはちゃんとやることやんなさい。全部埋めたら持ってきてよ」

泉美はそう言って社長室に戻った。

しばらくすると、光井が企画書の草案を手に、社長室にやってきた。

「ありがとう。この案で小島さんに見てもらう。みんなにも、もう帰ってもらって大丈夫って伝えて」

「泉美ちゃんは？」

「これをベースにプレゼン用の企画書作ってみる。それと……あいつが宿題提出するまでいなきゃいけないし」

「宿題？　ああ……彼ね」

「ちっとも覚えようとしないの。アリスがああいう感じになっちゃう気持ちもわかる」

「まあね。でも……難しい顔して固まってる彼の顔を見てると……俺は、なんか懐《なつ》かしいなって思っちゃうけどね」

光井は楽しそうに笑っている。

「懐かしい？」

「会社作りたての頃、ずーっとそういう顔してる人が、いたからさ」

「……え、待って。私？　一緒にしないでよ！」

「だって前に言ってたじゃん。昔の私と似てるって」

「いや、それは……」

「そのうち、彼もきっと変わっていくよ。企画書、なにかあったら電話して。じゃ」

光井は社長室を出ていった。


航は休憩室のベンチに座り、穴埋め問題を見てため息をついた。まだ半分も終わっていない。

(いいかげん仕事覚えろよ！)

前のバイト先で、店長に怒鳴られたことが頭をよぎる。

(いや……無理っすよ。こんな覚えること多いのに)

(なに開き直ってんだよ！)

(ちょ……なにすんだよ！)

つかみかかってきた店長を振りほどいた勢いで取っ組み合いになった。

「おまえはクビだぁ！」

その場で宣告され、クビになった。これまでの人生、どこへ行っても同じようなことの繰り返しだ。

「お疲れ」

そこに杏奈がやってきて、航の隣に腰を下ろした。

「ここでやってるの？」

「なんか、あっち、いづらいから。みんな俺のこと、邪魔だと思ってんのかなぁ」

「そんなことないよ」

「杏奈は……すごいじゃん。みんなのやりとりについていけてるっていうか……。インターなのに」

「……インターンね。インターはあの……高速とかに……あるやつ……」

「ああ」

「……わからないこと、聞いたらみなさん教えてくれるよ」

「絶対バカにされる」

「……航くん、昔はそんな感じじゃなかったじゃん」

「え？」

「私は、航くんの負けず嫌いでなんでも諦《あきら》めない性格知ってるし、そういう航くんが……そういう航くんに、すごい憧《あこが》れてたから。だから……きっとこの会社でだって、やっていけるよ」

「……俺も頑張ろうって思ったよ……。でも……わかんないこと多すぎて、そんなに簡単に覚えらんないし……やっぱり……しんどいよ。それに……頑張っても、失敗したら意味ないと思うし」

航はこの日何度目かの大きなため息をついた。「社長もアレ覚えろコレ覚えろって厳しいしさぁ……。できない人の気持ちがあの人にはわかんないんだよ」

「そんなことないと思うよ」

杏奈はスマホを取り出して操作をした。と、航のスマホが鳴った。杏奈からメッセージが送られてきている。なにかのＵＲＬだ。

「こないだ泉美さんが出てた番組の動画。あとで見てみて」

お疲れさま、と、杏奈が帰っていったあと、航はＵＲＬを開いた。泉美が出演したインタビュー番組の映像だ。

『しかし、独立した当初は大変なことも多かったんじゃないですか？』

『たしかに、大変なことしかありませんでしたね。もちろん最初は、経営の知識なんてなにもありませんから、時間もかかりましたけど……イチから覚えていったら、あるとき、自分の世界が広がった実感があって……。諦めなくてよかったと思ってます』

泉美は笑って答えていた。

『今の日高社長からは想像できませんが……そんな時期を乗り越えての今があるということなんですね……』

インタビュアーと泉美のやりとりが続く。航は動画を最後まで見た。

結局、航は穴埋め問題を終わらせることができなかったのでこの日は諦め、二人でマンションに帰ってきた。泉美は帰宅後も、ずっと仕事だ。

「ミッチー。企画書のデータ見てくれた？」

メールを送り、光井に電話をかける。

「ああ。俺はこれで大丈夫だと思う。先方の言ってた要件もちゃんとクリアしてるしね」

「よかった……。明日、午後イチでアポ取れたから、またランタン行ってくるね」

「うん。頼んだよ、社長」

電話を終え、ふと見ると航が黙々と用語集を勉強していた。航には難解なのか、眉間《みけん》にしわが寄りまくっている。

「……絶対似てない」

「え？」

航が顔を上げた。

「え？」

「いや、なんか今……」

「え、なにも言ってないけど」

どうやら心の声が漏《も》れてしまったようだ。

「……あそ」

航は再び用語集に視線を落とした。

「やけに真面目じゃん」

「……普通ですけどね」

「ふーん」

「……あのさ。やっぱ……大変だった？」

「なにが？」

「いや……社長に、初めてなったときとか」

「そりゃあ大変だったよ。え、なに急に」

「いや……経営とかイチから勉強するのも大変なのかなって」

「誰だってみんな最初はレベル1だもん。少しずつレベルアップするのも楽しいよ。できることが増えていって、いいことといっぱいあるから」

「……いいことって？」

「うーん。たとえば……話せる人が、増えた」

泉美の言葉を、航はうまくイメージできていないようだ。

「話が合うとか、そういうことだけじゃないよ」

テーブルの上に置いてあった本を一冊手に取った。「本があるでしょ。本を読むことで、その作者の考えに触れることになる。自分が気づかなかった考えを知ることができるの」

航は無言で、泉美の言うことを聞いている。

「いろんな考え方を知ると、普通に人と話してるときも、この人はこういう気持ちで今の言葉を言ったんだろうな……とか、相手の気持ちを推しはかれるようになる」

「でも……頑張って覚えたって……無駄になっちゃうときもあるんじゃない……？」

「無駄なんて一つもないよ。あなたが学んだことは全部、あなたの財産になる」

そう言うと、航はしばらく黙っていた。そして、用語集を読み始めた。

「え？　ねえ、わかった？」

「……なんとなく」

無駄に背の高い航がちんまりと座って本を読んでいる姿が、なんだかおかしい。泉美はクスっと笑った。

最終プレゼンまで、あと三日。

泉美は一人で『ランタン・ホールディングス』を訪ね、作成した企画書草案を小島に渡した。

「素晴らしいですね……。ここまでご修正いただけるとは」

「ありがとうございます。では、こちらの方向で……」

「あのー、ちょっと一つだけよろしいですか」

小島の横に座る、第一営業部部長の野島浩輔《のじまこうすけ》が声を上げた。「リクープまでがやや遅すぎる印象を受けますね。利益にならないと社長に判断される可能性があります。原資の回収は急ぎたいです。書き直してください」

「わかりました」

「それと、あと一つだけいいですか。内容ですが……キャンプに寄りすぎていますね」

「え?」

「たしかにうちはアウトドア事業を主軸としていますが、せっかくエンタメ事業に参入したのに扱う題材がそればかりでは、どのコンテンツも似通ってきてしまいます」

「ですが……そちらは先日」

「まあたしかにそういう部分もあるんですかね……もう少し抑えていただけると」

「そう……ですか……わかりました」

「あ、そうだ。それから……あと一つだけいいですか」

野島はさらに身を乗り出してきた。


会社に戻った泉美はランタン・ホールディングスでの不毛な……というより、無謀な注文ばかりだった打ち合わせの結果を報告した。

「再提出……」

有栖川はがっくりと肩を落とした。

「ごめん、野島さんっていう新しい人が来て……」

「小島の次は野島かよ……」

芽衣がツッコむ。

「あと一つだけいいですかって十回ぐらい言われた……」

「しょうがない。もう一回戦やるしかないな」

光井はあくまでも前向きだ。

「期限は一緒なんですか」

織野に問いかけられ、泉美はうなずいた。

「キツ……」

芽衣が思わずつぶやいている。

「向こうの要望と、私が考えた改善案いくつか共有するから、みんな準備して十分後に会議室に集まって」

泉美は声をかけたが、メンバーたちは浮かない顔をしている。

「やりましょう。あと三日だし」

「やるか……」

マリと織野の言葉に、みんなは重い腰を上げ、席に戻っていった。

「あ、これ……」

有栖川はデスクの資料をまとめプリントを取り出した。航と目が合ったがスルーし、遠い席にいる杏奈を呼んだ。

「古河さん、これ、人数分コピーしてもらえる?」

翌日、小島から電話がかかってきた。

「え?　あの……おっしゃってる意味が……」

　泉美は言葉を失った。

「今、水嶋と一緒なんですけれども、なんとなーくほかの会話と織り交ぜながら今回の企画について聞いてみたんですよ。そうしたらどうもそのー、登場人物のなかにですね。人間じゃないキャラクターを一人加えてみるのはどうか、みたいなことをふわっと言ってまして」

「えっと……それは」

「舞台となる無人島ありますよね？　その守り神がイケメンになってるみたいな……。たとえばですよ？」

「すみません、今からキャラを増やすってことですか？」

「……難しいですよねぇ」

「それは、水嶋社長が本当におっしゃってるんですか？」

「あのー社長のお孫さんが、どうも最近……なんか妖精っていうんですか？　精霊みたいな。そういうキャラが出てくるアニメにハマって……」

「つまり！　水嶋社長のご意見ってことでよろしいですね？」

　泉美は小島の言葉をぴしゃりと遮って尋ねた。

「マストではないと思います。でも、ベターくらいかもですね。体感としては。一応情報としてお伝えしたほうがよいかなと思いまして」

「今から追加ですか……」

泉美は目の前に置いてあるパソコンに視線を移した。『ランタンHD野島浩輔』からメールが届いている。

「あ、すみません！　今、営業の野島さんからメールいただきまして」

メール文面は、コンテンツに充《あ》てる分の予算を企画書ベースではややカットしてほしいという内容だ。

「コンテンツ部分の予算をカットしてとご依頼いただいたのですが……」

「え……私は把握してないな……野島が言ってきてるんですか？」

小島に問いかけられたとき、社長室に光井が入ってきた。

「あの！　もう一度、お二人と会って話せませんか？」

泉美は受話器に向かって声を上げた。


最終プレゼン前日——。

張り詰めた空気の中、企画制作部で会議が始まった。

「今からキャラクターの変更はできません！　ましてや新キャラを絡《から》めるなんて……」

「芽衣ちゃん、社長も辛《つら》いんだ」

光井が泉美をかばったが、メンバーたちは静まり返っている。さっき泉美はランタン・ホールディングスに行ってきた。でも出てきたのはメディア事業部の中島《なかじま》と営業部の木島《きじま》と広報戦略室担当の島《しま》で、結局小島とも野島とも会えなかった。

「たとえば……ストーリーに変更を加えずに、それにあったほかのキャラを出して間に合わせる方法を……」

泉美は苦し紛《まぎ》れに言った。

「……社長、言ってましたよね。ストーリーは、キャラクターが生きているからこそ魅力的なんだって。私、泉美さんがキャラクターを誰よりも愛してる人だと思ったからついてきたんです。……社長からそんな言葉、聞きたくなかったです」

「予算もきついですね……」

「そこを変えずにキャラだけ増やせって言われてもな……」

「しんど……」

織野と有栖川とマリは言った。さすがにもう誰からも前向きな発言は出てこない。

「あの、よくわかんないんですけど、それって泉美さんが悪いことなんですか」

航が口を開いた。

「誰も彼女が悪いなんて言ってないよ」

光井が説明する。

「でもなんか責めてるっぽかったから。向こうの会社の水嶋って人がそれを決めてるんでしょ？　じゃあ……」

「もう黙っててくれよ」

有栖川がついにキレた。「アリス」と、制する光井の言うことすら聞かない。

「今みんなきついんだよ。みんなが必死に企画考えてる間、おまえはなにしてたんだよ。上っ面だけ見て適当な発言するくらいなら、もうしゃべるな！」

「……なんすかその言い方。俺だって……」

航は泉美からもらったプリントをぎゅっと握りしめた。

「俺だってなんだ。言ってみろよ。そりゃ言えないだろ。役に立ってないんだから」

有栖川に言われ、航は黙って出ていった。

「みんな、無理を言ってるのはわかってる。でもランタンの人たちを納得させないと、この企画は動き出さない。もう一度コストカットできるところを見直して、新しいキャラクター考えましょう。お願いします」

泉美は深々と頭を下げた。

みんなは一応、動き出した。だが空気は重苦しいままだ。

「ダメ、もう全部中途半端になってく……」

「もう一回やってみよう」

芽衣とマリとは一緒に新しいデザインを考えているが、いい案が浮かばない。

「終わったら思いっきり……編んでやるからな」

織野は机の上の作りかけの編み物を見つめ、メガネを上げてパソコンを打ち始めた。

「これで……三百万円オーバーです」

有栖川は作成した企画書草案を光井に提出した。

「三百万か……でもこれ以上削るとクオリティがなぁ……」

二人は頭を抱えた。


社長室に戻った泉美は、スマホに小島からの留守番電話が入っていることに気づき、再生した。

『ランタン・ホールディングスの小島です。本日のお打ち合わせ出席できず失礼いたしました。実は明日のプレゼンの時間がですね、急きょ水嶋の都合で早まってしまいまして、たいへん恐縮ですが午前十時からと……』

いいかげんにしてよ……。泉美は倒れ込むように椅子に座った。

会社を出てきた航は、公園のベンチでくしゃくしゃになったプリントを見つめていた。上の人に怒鳴られてカッとなって出てくる。このパターンを何回繰り返しているのだろう。いいかげん自分が嫌になる。

と、公園の街灯がついた。雨が降り出すのだろうか、ゴロゴロと雷の音が近づいてくるなか、航は街灯の光をぼんやり見つめていた。

（いろんな考え方を知ると、普通に人と話してるときも、この人はこういう気持ちで今の言葉を言ったんだろうな……とか、相手の気持ちを推しはかれるようになる）

なぜか泉美に言われた言葉が、頭の中に蘇ってきて、航は立ち上がった。

（無駄なんて一つもないよ。あなたが学んだことは全部、あなたの財産になる）

泉美の言葉を反芻《はんすう》しながらやってきたのは、書店だ。これまでの人生でほとんど入ったことなどない書店に、航は足を踏み入れた。

雨が降ってきた。だが窓を打つ雨の音にも気づかず、企画制作部のメンバーたちはゾンビのような表情で作業をしていた。

光井は目をこすりながら何度も企画書を直し、有栖川と織野は力なくキーボードを叩き、アイデアが枯渇《こかつ》したマリはペンを止めてぼーっとし、芽衣は眠らないようにイヤホンをはめてサバンナの動物たちの動画を流しながら、作業をしていた。

泉美も社長室で予算表を書き換えていたが、どうやってもまとまらない。

「あれ資料……あっちか」

ため息をついて立ち上がった瞬間……ドッカーンと雷の音がして、電気が消えた。

「痛っ……！」

泉美はその拍子《ひょうし》につまづき、床に倒れた。

(会社を立ち上げてから……きっと私は、勇者にならないといけないんだと……そう思ってきた。困ったとき、大切な仲間たちを守ることができる勇者に、ならなくちゃいけないんだと)

真っ暗な社長室に倒れながら、泉美はぼんやりと考えていた。

「うそだろ……」

「停電……？」

織野と有栖川のパソコン画面は、真っ暗になっていた。

『群れで大移動するヌーたちにとって、最大の脅威《きょうい》は川です。彼らの仲間たち多くが濁流《だくりゅう》に飲まれ、次々と命を落としていきます……』

と、突然音声が流れた。

「なに？　なに急に？」

マリが怯《おび》えた声を上げる。

「私です！　すみません！　すみません！」

イヤホンが外れたのだ、と芽衣は言い、落としたスマホを必死で探していた。でも真っ暗なので見つからない。

『ヌオオオ……ンモオオオ……』

ヌーが川に呑《の》まれる悲痛な声が、オフィスに響き渡った。

「なんなんだよぉぉ！」

有栖川は今にも泣き出しそうな声を上げた。

「痛い……」

社長室の泉美も、くじいた足の痛みに涙をこらえていた。

（現実の世界では、お姫様みたいに、白馬の王子様を待っている余裕なんてないから。もし、王子様が現れたんだとしたら、それは、きっと――）

そのとき、泉美の体がふわりと抱き上げられた。かすかな光が照らし出す顔は、ケント王子だ。

「あれ……ケント様？」

つぶやいたとき、電気がついた。

「……うわぁあ！」

泉美は声を上げて足をばたつかせた。

「う、え、ちょ……！」

泉美を抱いたまま、航は床にひっくり返った。

体を起こした航は、持ってきたランタンをテーブルの上に置いた。

「……ランタンが最初にヒットさせた商品。これであの会社は大きくなったんだって」

これに書いてありました、と、航は袋から本を取り出して泉美に差し出した。水嶋十蔵の自伝だ。

「……買いに行ってたの？」

本を開くと、ところどころにマーカーが引いてある。

「その人にプレゼンするんですよね。その人の考えが書いてあるから、なにかヒントになるかなって思って……マーカーは……俺が大事と思ったところだから、的外れかもしれないけど……」

照れくさそうに言う航に、泉美は大きくうなずいた。

「読む」

そして、猛然と十蔵の自伝を読み始めた。


本に目を通した泉美は、企画制作部に行き、メンバーたちを集めた。

「みんなごめん。私がぶれてた。もうランタンの要望はいったん忘れて、現時点の企画書から、純粋に面白いと思うものを、自由に考えましょう」

「いいんですか?」

有栖川が怪訝《けげん》そうに泉美を見る。

「大丈夫。責任は私が取る。ただし一つだけ大事にしたいことがある。それは……」

プレゼン当日、泉美は光井とランタン・ホールディングスに向かった。ついに十蔵が現れ、両脇には小島、野島以下、担当者たちが数名ずらりと並んでいる。

「大変楽しみにしていましたよ。日高社長」

十蔵は唇の端に笑みを浮かべて泉美を見ている。

「本日は、企画プレゼンの場を設《もう》けていただき、誠にありがとうございます」

「短い期間で企画を推敲《すいこう》していただいたと聞きました。感謝します」

「……水嶋社長。始める前に、一つよろしいでしょうか」

「なんでしょう」

十蔵に問い返され、泉美は光井に目で合図を送る。

「この会議の様子を、企画作成に携わった社員たちにもぜひ見せたいのですが、よろしいでしょうか？」

「……ええ。かまいませんよ」

十蔵の許可を得た光井は、パソコンを開き、リモート画面でペガサス・インクの会議室をつないだ。

「では、日高社長、お願いします」

十蔵が泉美に声をかけた。光井がパワーポイントをスクリーンに表示する。

「今回提案するゲームは『恋する森の中へ』。スローライフをコンセプトに据えた、乙女ゲームです」

「漂流し、無人島に流れ着いた主人公は、そこで男子たちと出会い、助けられ、彼らと恋に落ちていきます」

「御社の中核事業であるアウトドア事業のイメージに沿《そ》いながら、登場人物たちの生活感を重視したストーリーを展開しました」

「登場キャラクターは添付の資料をご覧ください」

めりはりをつけるため、泉美と光井が交互に説明した。

「男性キャラ三名ですか……」

「先日のお話で……キャラクターは増やしていただけると……」

十蔵と小島は顔をしかめた。

「もちろんです。しかし、あえて最初は少ない人数にして、プロジェクトが軌道に乗った段階で、徐々にキャラクターを追加していきます」

泉美が言うと、光井があとを引き取った。

「また、登場キャラクターの日常をストーリーとは別に描き、こまめにアップロードしていくことで、日々のログイン率を高めます」

「予算やリクープまでの期間についてのご指摘も考慮した上でこの判断に至りましたが、

それ以上に大切にしたいのは……『ユーザーがどう思うか』ということです。どうすれば、もっとこのゲームの世界に浸《ひた》っていたいと思えるか……それを、自問自答しました」

企画制作部のメンバーたちは、泉美と光井のプレゼンを真剣なまなざしで見ていた。

昨夜、泉美は雷に打たれて啓示《けいじ》を受けたかのように、話し始めた——。

「一つだけ大事にしたいことがある。それは……徹底的にユーザーの目線に立つこと。水嶋社長の自伝にこんな文章があった。『ランタンも、手に取る人がいてこそ、それは柔《やわ》らかな灯りとして、人に安らぎを与える。顧客の気持ちに、すべての答えはある』

泉美は十蔵の自伝を手に、メンバーたちに説明した。

「……うちの社長がいつも言ってることだね」

光井がフッと笑った。

「相手が大会社だからって、変に考えすぎてた。でも、水嶋社長が顧客の目線を第一に考えている方なら……私たちも、自分の信じるやり方で勝負できる！」

泉美はそう言うと、企画制作部に戻っていた航を見た。

「五十嵐くんが……この自伝を読んで教えてくれたの。ありがとう」

泉美の言葉に、有栖川をはじめ、メンバーたちは驚いて航を見つめた。

大会議室でのプレゼンは続いていた。

「大切なことは、このゲームが癒《いや》しになっているかどうかです。キャラクターの日常を描き、彼らをユーザーにとってより身近な存在だと思ってもらうことで、魅力あるゲームにしていきます。なにを表現したいかよりも、ユーザーにどう届けるか？　それが、ゲーム作りで一番大切にするべきことだと我々は考えました——新規イベントも充実させていき、継続性を持って楽しむことができる乙女ゲームを開発していきたいと思っております。……ご検討のほど、何とぞよろしくお願い申し上げます」

泉美は十蔵に頭を下げた。

「……日高社長。やはり今日、あなたの熱意を直接聞くことができて、心からよかったと思えました。実に素晴らしい企画です。ぜひ、出資させてください。銀行からの融資額もこちらで全額用意しましょう」

十蔵の言葉に、緊張でこわばっていた泉美の顔がパアッと明るくなった。

「本当に、ありがとうございます！」

ペガサス・インクのメンバーたちも大喜びでハイタッチを交《か》わしていた。

「これでプロジェクト本格始動かあ……」

「よかったぁ……」

口々に喜びを口にし合うなか、有栖川が「五十嵐」と、航を見た。

「……はい」

有栖川、紙を航に渡した。

「社長たちが戻ってくる前にこれ、人数分コピーしといて……こないだは、言いすぎたよ。今回はおまえのおかげで助かった。ごめん」

「有栖川さん」

「……アリスでいいよ」

「コピーしてきます。アリスさん」

航は笑顔でコピー機に向かった。

「また、燃やさないといいけど」

織野がそっと有栖川に耳打ちし、二人で顔を見合わせて笑った。

泉美と光井はランタン・ホールディングスのエントランスに出てきた。

「彼に助けられるとはなぁ……やっぱり泉美ちゃん、育てる才能あるんじゃないの」

「いや……。私もびっくりだった。まさか、水嶋社長の自伝読んでたなんて思わなかったから」

「な。……意外と、本当に王子様になっちゃったりしてね」

光井の言葉に、泉美は反論しなかった。そんな泉美を、光井がチラッと見ていた。


十蔵は大会議室の窓から外の景色を見ていた。

「出資する以上、絶対に成功してもらわなければ困るな」

「はい」

控《ひか》えていた小島がうなずいた。

「どんなゲームになるか……楽しみだ……」


泉美が会社に戻ると、航が休憩室のベンチに座り、一人で考えごとをしていた。

「お疲れ」

声をかけると、航はぺこりと頭を下げた。

「今回は本当にありがとう」

「社長のおかげです」

航は言うが、泉美はなんのことだか思い当たらない。

「言ってくれたじゃないですか。その人がなにを考えているのかを知ることが大事だって。なんとなくだけど、わかった気がします。その……学ぶ意味っていうか、知る意味みたいなの」

「……そう」

「俺、今まで仕事、失敗ばっかりだったから……もう、なにかを知る努力なんてしても無駄だって思ってました。でも、そうじゃないかもなって」

「失敗だって、無駄じゃないよ」

泉美はまっすぐに航を見つめた。「失敗だって、知るってことでしょ。立派な経験だもん」

「……そっか」

素直な航に向かって、今度は意地悪な笑みを浮かべた。そして、十歳の自伝を取り出した。

「まあねぇ……水嶋社長の考えを知ったのは、残念だけど、マーカー引いてないところでした」

泉美は笑いながら、ぱらぱらと自伝をめくって見せた。

「うっそ。マジで……？」

「読解力はまだまだだね」

「うるさい」

「なに、社長に対してその態度」

「……うるさいです」

一応、敬語を使っているつもりらしい。

「一緒ですけど！　あ、そうだ。ていうかさ！　あの話、絶対に言わないでよ」

そういえばこの件について、言っておかなくてはいけないとずっと思っていた。

「あれって？」

「あの日のこと。こないだだってあぶなかったでしょ。絶対ダメだから！」

「ああ……あれ、まだ、信じてるんですか」

「ん？」

「ウケる」

今度は航が意地悪そうに笑うと、あの晩の出来ごとを話してくれた。

（待って、王子様）

泉美は航に抱きついた。

（そばにいて）

そしてベッドに押し倒した。航は泉美に覆《おお》いかぶさってみたものの……泉美は酔いつぶれて眠ってしまったという。

「泉美さん、あのあとすぐ寝ちゃって……俺も横で寝ただけ」

航もふかふかなベッドに眠気を誘われ、そのまま寝てしまったという。

「うそ……だって……」

「いや、俺、なにかあったとか一言も言ってないですけど」

「……騙された……」

泉美は悔《くや》しさに唇を噛《か》んだ。

「てか、え、逆にどこまで想像してたんですか」

「言ってくれなきゃわかんないでしょ！」

「そういうことあっても別に気にしないって言ってたから」

「いやあっても気にしないけど、あったかどうかは気にするでしょーが」

大人の女ぶってはいたが、航との間に一夜の出来ごとがあったかどうかについては大問題だ。

「意味わかんねえ……」

航が首をかしげたとき、休憩室の前の廊下を、杏奈が歩いてきた。

「それよりやったの？　今日の分の宿題」

形勢を逆転しなくてはとばかりに、泉美は航を見た。

「今日もやんの？　いいじゃん今日くらい」

「また出た、タメ口！」

会社ではちゃんと敬語を使うように厳しく言ったはずだ。

「意地悪すぎますって。せっかく企画も通ったんだから……」

「関係ないです！」

泉美は航に怒ってみせた。そんな二人の様子を杏奈が不安そうに見つめていることに、泉美も航も、気づいていなかった。

4

ある日の午前中――。

「よっし！」

パソコン画面を見ていた航は、声を上げた。

「なにかあったの？」

「なにって、今日、待ちに待った給料日じゃないですか！」

マリに声をかけられた航は、イキイキとした表情で振り返った。

「ああ、うちに来て初めての給料日か」

光井がうなずく。

「そうですよ。今までは日払いだったけど、初めての月給。一か月間、長かったあ」

航はパソコン画面でとWeb明細を見ている。「てか、いろいろ引かれてるけど、なんですかこれ？」

「税金とか社会保険料だろ？」

織野が言った。

「俺、別にそういうのいらないですけど……」

「いらないじゃなくて義務なの」

有栖川は呆《あき》れている。

「試用期間中だから、そんなにたくさんじゃないかもしれないけど、引き続き頑張って」

そう言いながら、泉美が入ってきた。

「あ、はい」

航は素直に返事をし、みんなのほうに視線を移した。

「あれ、芽衣さんどうしたんすか？　いつもと違いません？」

芽衣はいつものスポーティな格好ではなく、きれいめなワンピースを着ている。

「ああ。舞台観に行く日はこれが標準だから」

鬼の形相で仕事を片づけている芽衣のかわりに、織野が説明した。

「服も盛れてるしね～」

「パフォーマンス爆上がりっすよね」

マリと有栖川が言うと、

「早退させてもらうから、ノルマこなさないと」

芽衣はパソコン画面から目を離さずに言った。

「今日はミュージカルだっけ？」

泉美が尋《たず》ねた。

「はい。三上様の出演日なんです」

芽衣のデスクには三上悠太の写真が飾ってある。

「誰ですか、それ」

航は尋ねた。

「芽衣ちゃんの推しで、２・５次元の俳優さん」

やはり、芽衣のかわりにマリが答える。

「へえ」

「でも、舞台観に行くのに早退できる環境ってすごくいいですよね」

杏奈が感心したように言った。

「だろう？　うちの会社、推し活も推奨してるから」

「いろんな世界を見ることも大事だし、それが仕事にも活きてくるしね」

光井と泉美がうなずいた。

「あざっす！　感謝してます！」

芽衣はさらに気合いを入れ、キーボードを叩《たた》きまくった。

昼休み、航がコンビニで買った昼食を手に休憩室に行くと、杏奈と芽衣もいた。

「え、千秋楽《せんしゅうらく》も行くんですか？」

「うん。全ステできそう」

「すごい！　よくチケット取れましたね」

「聞いてくれる？　ファンクラブの先行で外れて、公式サイトの先行でも外れて、DVD購入の先行でも外れて、プレイガイドでも外れて、一般発売でやっと取れたの」

「うわ、争奪戦だ」

「やっぱり、徳を積んでおいてよかったぁ」

杏奈と芽衣のやりとりを黙って聞いていた航はその言葉の意味がわからず、首をかしげた。

「……徳を積む？」

「たとえば、ゴミを見かけたら積極的に拾ったり、電車の中では席を譲ったり、神社にお参りに行ったり。とにかく善《よ》い行いをいっぱいして、今日のチケットを勝ち取ったってわけ」

芽衣の説明に、航は「はあ」と、うなずいた。

「あ、信じてないでしょ」

「わかりますよ。私も当選祈願とかしちゃいますもん」

「だよね〜」

芽衣は杏奈にほほ笑みかけると、自分が出したゴミや紙コップを片づけ始めた。

「さて、仕事終わらせなくちゃ。お先に」

「あのさ。さっき言ってた全ステってなに？」

芽衣が出ていったあと、航は杏奈に聞いてみた。

「あぁ、全部の公演を見にいくってこと」

「は？　だって同じ内容なんだろ？」

「そうだけど、どの日も見逃したくないもんなの」

「マジかよ。金もったいなくね？」

航にはどうしても、理解できなかった。


夜、泉美がキッチンで紅茶を淹《い》れていると、航が帰ってきた。銀行の袋を手に、ニヤニヤしている。

「お金下ろしてきたんだ？」

「うん。全部」

「えっ全額？　ウソでしょ」

「だって、まとまった額をもらうの初めてだから、なんか嬉しくなっちゃって」

「大丈夫？　ちゃんと計画的に使ってよ」

「はい」

航は素直にうなずいた。

「なにか買ったりするの？」

「いやー別に。欲しいものとか特にないし」

「そうなんだ。じゃあ、なにに使う予定？」

「んー……どうしよう。全然わかんね。とりあえず生活費として使うかな」

「……いつの間にか消えてそうだね」

「泉美さんは？　初めての給料、なにに使ったの？」

「もうずいぶん前だからなぁ」

記憶を辿《たど》ってみたけれど、十年以上前のことなので思い出せない。「よく覚えてないけど……でも、乙女ゲームにハマってからは、ほとんどゲームに注ぎ込んでた。課金したり、グッズを買ったり、ゲーム機を新しくしたり」

「へえ」

「もちろん少しは生活を切り詰めたりもしたけどね。推しができてからは、お金の使い方が変わったんだよね」

「でも、お金ってなにかを買ったり、メシを食ったりするためのもんでしょ？　推しに使うってよくわかんないな」

「……お金の使い道は物質的なものだけじゃないの。形に残らなくても価値があるものだってある。芽衣ちゃんみたいに舞台を見たり、推しごとに使ったり」

「おしごと？　働くこと？」

「その仕事じゃなくて、推しのために活動することを〝推しごと〟っていうの」

「ふうん」

よくわかっていない航に説明するため、泉美はグッズが並んだ棚の前に移動した。

「……もしかしたら、航くんも夢中になるものができたら変わるかもね」

泉美はうっとりと、棚に並ぶケント様を見つめた。

「そうかなー。俺は別に趣味とかないし」

「せっかく給料も入ったんだし、今までそういうこと考えたことないなら、考えてみれば？」

「……うーん」

「もちろん、好きなものがないっていう生き方も否定しないけど。でも、あったらあったですごく楽しくなるよ。それが生きがいになったりするし……仕事の張り合いになったりもする」

なにか趣味を持ったり、夢中になれるものが見つかれば、人生はずっと豊かになるし、航自身深みのある人間になれるはずだ。この前、本を読むことを勧《すす》めたけれど、ハマらなかったようだ。でも今度こそ、と、泉美は考えていた。

「……生きがい……」

眉間《みけん》にぐっとしわを寄せて考えていた航は「それより腹減った、俺」と、ソファにゴロンと寝転がった。

(彼が夢中になれるものなんて……見つかるんだろうか)

泉美は呆れてため息をついた。


翌日、光井が社長室に予算書を持ってきた。

「今月の予算書、チェックお願い」

「了解」

渡された書類をチェックしながら、泉美はふと思いついて、聞いてみた。

「……ミッチーはさ。どうして映画が好きになったの？」

「は？　どうしたの、急に」

「いや、航くんがね。趣味とか、好きなものがなにもないって言うから……ミッチーは何《なに》がきっかけでハマったのかなと思って」

「……俺は小学生のときに、友達と観に行った『ダイ・ハード』にやられたんだよね」

「『ダイ・ハード』かあ。面白かったよね」

「うん。まあベタっていえばベタなんだけど。アクションがカッコよかったし。映画館出るときに、自分がブルース・ウィリスになった気がしたんだ。そんなふうに思わせてくれる映画ってすごいなって思っちゃって」

好きな映画の話になるとやはりイキイキする。そんな光井を見ながら、泉美は「なるほどね」と、相づちを打った。

「でも……趣味とか、好きになるものって、人から与えられるものじゃないだろ。勝手に夢中になるもんだから」

「そうなの。そこが難しいとこなんだよね」

「泉美先生の次の課題はそれか」

「うん。航くんにもなにかきっかけがあるといいんだけど」

「王子様の育成も大変だ」

笑う光井を見て、泉美も苦笑いを浮かべた。


企画制作部では、有栖川が杏奈に仕事の指示をしていた。

「倉庫室に行って、この一覧にあるファイルを持ってきてくれるかな。プロトタイプ版の資料なんだ」

と、一覧が書かれている紙を手渡した。

「わかりました」

「あ、重いから、航くんも一緒にいい？」

有栖川に言われ、航は「はい」と立ち上がった。通り過ぎるときにチラッと見ると、芽衣は今日も必死に仕事している。

「みんな、なんであんなに一生懸命なんだろう」

廊下を歩きながら、航は杏奈に問いかけた。

「……社員さんたちのこと？」

「うん。そんなにやらなくても……って思うけど、いつも全力なんだよね」

「私はカッコいいと思うなあ。仕事はもちろんだけど、プライベートも全力で遊ぶなんて素敵じゃない」

「ふうん」

「やっぱりこの会社、サイコーだよ。さすが、日高泉美が社長なだけある」

杏奈は目をキラキラさせているが、航には今ひとつわからない。

「……私、泉美さんみたいになりたいんだよね。好きなものに囲まれて……ああいう生き方、憧《あこが》れるな」

そういうものなのか。でもやはりわからない。航は首をかしげた。


その夜、泉美が頼んだデリバリーを、航も一緒に食べた。その際、航は配達員の蓮に、好きなものはなにかと聞いてみた。

「僕が好きなもの？　んなの、音楽に決まってんじゃん。ボブ・ディランにミック・ジャガー。最近だとサム・スミスとか、エド・シーランとか、ジョン・メイヤーとか」

「どれも聴いたことない」

航にはどの名前もピンとこない。

「ウソだろ？　サブスクとか入ってないの？」

「あのスースーするヤツ？」

「お菓子じゃねーよ」

それはフリスクだ、とツッコみつつ、蓮は続けた「わかった。じゃあ今度、俺のCD持ってくるから聴いて。自主制作のやつだけど」

「いや、俺は別にいいから」

「地道な普及活動も大事だからさ。泉美ちゃん、明日は家にいる？」

「あ、ごめん。明日は出かけちゃうから、明後日なら」

「わかった。じゃ、また来るね。毎度どうも」

「ご苦労さま」

蓮は帰っていった。

「明日、どっか行くの？」

明日は休日だ。航は予定がないので一日中ダラダラ過ごすつもりでいる。

「うん。舞台観たりコンサート行ったりいろいろ」

「休みの日も忙しいんだ」

「インプットも大事だからね。これも仕事の一環なの」

「ふうん……」

「面白いものいっぱいあるよ。来たいならついてきてもいいけど？」

「やだよ。休みの日は休みたいもん」

「あ、そっ」

泉美は小さくため息をつき、いただきます、と、ご飯を食べ始めた。


翌日、航は泉美と一緒に家を出た。

「……結局、来てるじゃない」

泉美は隣を歩く航を見上げて呆れたように言う。

「だって暇《ひま》だったから……」

「ふぅーん。じゃあ、今日はまず舞台から」

「はい」

舞台と言われてもよくわからないが、とりあえず泉美についていった。


舞台終了後、泉美たちは劇場から出てきた。

「なかなか面白かったね。伏線《ふくせん》の回収が見事だった」

泉美は満足げだ。

「え？　そんなのあった？」

「あれだけ寝てたら、ストーリーもわかんなくなるわ」

泉美が言うように、航は始まってすぐに眠ってしまった。起きたのはエンディング直前だ。

「次はなに？」

「クラシックのコンサート」


数時間後、航はすがすがしい表情でコンサートホールから出てきた。

「いやー、伏線の回収が見事だった」

「伏線なんてないでしょ。なにしに来たのよ。寝るなら帰りなさいよ」

泉美はプリプリ怒っている。

「だって、体験しなきゃわかんないし。なんでもいいから、夢中になるものを見つけろって言ったのそっちじゃん」

「見つけろとは言ってない。見つかったらいいねって言ったの」

「同じでしょ」

とりあえず航には違いがわからない。

「違うって」

言い合いしながら歩いていると、泉美が足を止めた。

「わ、素敵な絵。ここも見ていこう」

アート展を開いているギャラリーだ。ガラスの向こうに、壁に並んでいるたくさんの絵が見える。泉美は入っていこうとしたが、航はどうしても足が動かなかった。

「どうしたの……?」

「別に」

航はギャラリーから目を逸《そ》らした。「それより俺、腹減った」

「え? あ、うん。わかった」


二人は、ギャラリーのすぐそばにあるレストランにやってきた。

ケント様だったらこんなときはドアを引いてエスコートしてくれるはず、泉美は入口の前で妄想《もうそう》していた。

(どうぞ)

ケント様なら……。

「どうぞ」

「えっ？　ウソ？」

航がドアを開けてくれている。

「驚くことないでしょ。マナーで習ったから」

「……あ、ありがとう」

嬉しさを隠しきれず、泉美は笑顔で中に入っていった。


食事をしながら、泉美は航の手元をじっと見ていた。ナイフもフォークもきれいに使えている。

（教えたことはちゃんとマスターしてる）

満足げにほほ笑む泉美を、航は不思議そうに見返してきた。

「で、今日はどうだった？　なにか刺《さ》さるものあった？」

「いやー、別に……」

「まあ、航くんの気持ちもわからないではないんだよね」

泉美は正直な気持ちを口にした。

「ん？」

「私も乙女ゲームに出会うまでは、なにもなかったから……。でも、雷に打たれたようにビビっと来て、夢中になった」

航はこくりとうなずいた。

「航くんは……今まで本当になにもなかったの？　少しでも興味を持ったもの」

「……俺は、そんなもの持つ余裕なんてなかった」

「余裕？」

「好きなものに夢中になれんのは、余裕のある証拠だよ。俺んち貧乏だったし……そんなこと考える時間もお金もなかったな」

「……そっか……」

そういえば、航の過去をまったく知らない。聞いていいのかわからなくて、泉美は別の話題を探した。


「わあぁぁぁぁぁーーー！」

週明け、パソコンを打っていた芽衣が突然奇声を上げた。

「私を殺して……！」

芽衣はデスクに頭をガンガン打ちつけている。

「ちょっと、芽衣ちゃん！　どうしたの？」

「大丈夫ですか?」

マリと杏奈が急いで芽衣を起こしたが、芽衣は今度はデスクに伏せてしまった。

「なにかあったの?」

織野が尋ねると、有栖川が「これこれ」と写真週刊誌を見せた。そこにいたみんなで覗《のぞ》き込むと『2・5次元俳優　三上悠太　熱愛発覚!』の記事だった。

「ウソ……?」

みんなで顔を見合わせた。

「あ、でも芽衣さん。ツーショットは撮られてないみたいです! セーフなんじゃないですか?」

「うんうん。きっとガセネタだよ!」

杏奈とマリが必死でフォローすると、芽衣は顔を上げた。

「だけど、相手は妊娠三か月って書いてある」

航は『お相手のグラビアアイドルは妊娠三か月』という小見出しを読んだ。マリが慌てて航を肘《ひじ》でつついたが、芽衣に聞こえてしまった。

「……わあぁぁぁぁぁーーー! 私を殺してぇ。今すぐに!」

芽衣は再びデスクに突っ伏し、頭をガンガン打ちつけた。

「かける言葉が見当たらない……」

織野の言葉に、そこにいた全員がうなずいた。


泉美は社長室で、光井から芽衣の様子を聞いた。

「……推しの熱愛なんて、すぐには受け入れられないよね」

そう言うと、光井がうなずいた。

「……あ、そうだ。これ持ってきたんだった」

そしてDVDの束を差し出した。「俺のオススメの映画。ミステリーとか、サスペンスとかコメディとか。一応、いろんなジャンルのものをバランスよく集めてみた。このなかに、航くんが面白いと思うものがあるといいんだけど」

「ありがとう、ミッチー」

どんな映画をセレクトしているのか、泉美はDVDのパッケージを見てみた。

「あー、これ好き。ラスト、泣けるよね」

「うん。名作だよ」

「こういうのって勝手にハマるもんだとは思うけど……。でも、いいものを観せてあげることはできるんだよね」

「そうだな」

「この前、舞台とか観せたんだけどさ。全然、興味持ってくれなくて」

「え？　あ、なに？　一緒に行ったの？」

光井に問い返され、泉美は自分がうっかり口を滑らせたことに気づいた。

「あ、うん……」

「へぇ……そうなんだ」

「いや、あの……まあ、たまたまね。でも、ガン寝してるし。なにしに行ったんだかって感じ」

「ふうん……。なかなか手強いね」

光井はかすかに笑った。


泣き止んだ芽衣は、ミュージカルのチケットをじっと見つめていた。みんながチラチラとその様子を気にしていると、芽衣はいきなりチケットを破《やぶ》ろうとした。

「あぁ！」「待て！」「気を確かに！」

織野と有栖川とマリが同時に声を上げ、芽衣は手を止めた。

「それ、せっかく取ったチケットでしょ？　しかも千秋楽」

マリが尋ねると、芽衣は力なくうなずいた。

「座席数で計算すると、当選確率7%、プラチナチケットじゃないか」

有栖川は言ったが、芽衣は首を振った。

「でも……とても一週間後の舞台を観る気になれないから」

その言葉に、杏奈は深くうなずいた。

「なんでそんなに落ち込むんですか?」

航はさっきから疑問に思っていたことを聞いてみた。「熱愛発覚とか、関係ないでしょ。だって、そもそもその俳優と芽衣さんがつき合えるわけないのに」

「わぁぁぁぁーん!」

せっかく泣き止んでいた芽衣がまた泣き出した。

「それ、一番言っちゃダメなやつ!」

マリが航に注意したが、意味がわからない。

「芽衣さん。お気をたしかに」

「もうすぐ昼休みだし、一息つきなよ」

有栖川と織野に声をかけられ、芽衣はうなずき、ふらふらと出ていった。

「……大丈夫かな」

マリが心配そうにつぶやき、航以外のみんなは心配そうに芽衣の後ろ姿を見送った。

企画制作部のメンバーたちが普段のペースを取り戻して仕事に戻ったところに、光井が入ってきた。

「航くんと杏奈ちゃん、ちょっといい？　頼みたいことがあるんだ」

光井は二人の席の近くに座った。

「二人に、キャラクターの参考になる資料を集めてほしい。島で暮らしてる男で、身長は１８０㎝くらい。シュッとしてるけど筋肉があって、スポーツやってそうな体格」

「細マッチョみたいな感じですか？」

杏奈はノートにメモを取りながら、尋ねた。

「そう、そんな感じだね。歳は二十代前半で、髪は短めがいいかな」

航はノートに、メモを取るかわりに背の高い男の絵を描いた。

「島で暮らす若者の写真は、あればあるほどいい。ポージングの参考にしたいんだ」

「わかりました」

杏奈がうなずいた。

「あれ？　航くん。絵、やってたの？」

通りかかったマリに声をかけられ、航は顔を上げた。

「は？」

「だって、デッサンの基本、出来てるじゃない」

「あ。いや、これは……」

航は慌ててノートを閉じた。文字を書くより、絵で描くほうが早かったし、そもそも、無意識のうちに描いていたのだ。

「え？　よく見せてよ」

マリはノートを見ようとするし、

「なんだ、航くん。絵、描けるの？」

光井も興味を持ち、問いかけてくる。

「そんなわけないじゃないですか」

「航くん、絵描くのすごく上手ですよ」

杏奈が言うと、有栖川と織野も「なになに？」と会話に加わってきた。

「中学のときとか美術部だったし……コンクールで入賞したりしてたんです」

「そうだったんだ」

マリが杏奈の話に納得したようにうなずいた。

「じゃあ、もしかしたら、デザイナー目指せるんじゃない？」

「そうだよ。やってみればいいのに」

有栖川と織野が勧めてきた。

「いや、無理ですよ。俺には」

航は即座に否定した。

「やってみなきゃわかんないじゃん」

「うん。得意なことがあるなら活かしたらいい。君の強みになるよ」

マリと光井も言う。

「……別に、絵は好きじゃありませんから」

そう言って立ち上がり「俺、メシ食いに行ってきます」と、部屋を出た。


廊下を歩いていると、杏奈が追いかけてきた。

「航くん、ごめん。言わないほうがよかったかな」

「……別に」

「……私、昔見た航くんの絵、すごく好きだったから、また描いてほしいなって思って」

「……メシ行ってくる」

そのまま歩いていくと、角を曲がったところに泉美がいた。航は会釈《えしゃく》をして、通り過ぎた。

航が屋上に出ると、芽衣がチケットを見つめてぼんやりしていた。

「まだ悩んでるんですか」

声をかけると、芽衣は無言でうなずいた。

「……見たいけど、見たくない……。諦《あきら》めたいけど、諦めきれない。どうしていいかわかんない……。もちろん、三上様とつき合えるなんて思ってないよ。そういうことじゃないの。でも、ガチで好きだったし……夢を見続けさせてほしかった……」

「……好きになんて……ならないほうがいいんですよ」

航は言った。

「え？」

「だってそうでしょ。それだけ落ち込むんだったら、好きにならないほうがラクだったんじゃないですか」

「そんなこと……」

「だって今、苦しんでるじゃないですか」

問いかけると、芽衣は黙った。

「……好きなものがあると、いつかしんどくなるんですよ。きっと……」

航はそう言って、空を見上げた。


夜、航はソファに座ってぼんやりしていた。

「航くん……どうして絵を描かなくなったの？」

泉美は缶ビールを差し出し、尋ねてみた。今日、航と杏奈が廊下で話しているのを聞いてしまったのだ。

「……好きだったんじゃないの？　絵を描くこと……」

「別に……」

航は缶ビールを開け、ごくりと飲んだ。

「じゃあ、理由は聞かない」

泉美はあっさりと言った。泉美「でも……もし、嫌いになったんじゃないなら……。もう一度、始めてみてもいいんじゃないかな」

「……そんな気……全然ないから」

航はそう言うと、自分から話し出した。「……俺……高一のときに母親が家を出ていって……親父と二人暮らしになったんだ。その親父も、一年経たないうちに再婚することになって……」

「え……」

「一緒に暮らそうとは言われたけど……そんなとこに俺の居場所なんかないよなと思って……。だったらもう地元にいなくてもいいかなって田舎を出て東京に来た。それからはもう食うことに必死だったから……絵を描こうなんて気持ち、全然なかった」

泉美は黙ってうなずいた。

「東京でなにか変わるかなって思ったけど……別になにも変えられなかったし……。毎日やってくことだけで精いっぱい。今だって、そんな絵を描く余裕なんてないよ」

吐《は》き捨てるように言ってビールを飲む航に、泉美はかける言葉が見つからなかった。


翌日、泉美は昼休みに杏奈を誘ってカフェレストランに来た。

「ごめんね。急にランチ誘っちゃって」

二人はランチを堪能《たんのう》し、食後のコーヒーを飲んでいた。

「いえ。すごく楽しかったです。ケント様のお話もいろいろとさせていただいて」

本当に嬉しそうにしている杏奈の言葉に、泉美はほほ笑んでうなずいた。

「……航くん……絵を描いてたんだね」

聞きたかったことを、切り出してみる。

「あ、はい。すごくうまいと思います」

「少しだけ話を聞いたけど……高校時代とかいろいろと大変だったみたいだね」

「そうですね……。高一の終わりに学校をやめて、どこに行ったかわからなくなってしまって……私……ずっと航くんのこと心配してたんです。ラブペガのケント様を初めて見たときは『航くんだ！』って、すごく嬉しくなっちゃって」

やっぱり杏奈もそう思っていたのか、と、泉美はうなずいた。

「ずっと好きだったから」

杏奈はそう言ったかと思うと「あぁ、ごめんなさい！　私、社長になに言ってんだろ」と、急に焦《あせ》り出した。

「……あ、ううん」

泉美は慌てて首を横に振った。「素敵なことじゃない。応援するよ」

「本当ですか？」

「うまくいくといいね」

ほほ笑ましいな、と思いながら、杏奈を見つめる。

「ありがとうございます！」

こんなにいい子が思ってくれているなんて、航のためには喜ぶべきだ。泉美はコーヒーを飲み干したが、なんとなく胸につっかえた。


午後、光井が芽衣に声をかけた。芽衣は立ち上がり、光井のデスクに向かった。

「さっき送ってくれたデータだけど、色の指定、間違ってない？」

「えっ」

芽衣は光井のパソコンを覗き込み、あ、と声を上げた。

「すみません。すぐやり直します！」

慌ててデスクに戻って、パソコンに向かう。

「そりゃ、ミスもするよな」

「三上悠太、まさか結婚して引退するとは……」

有栖川と織野は、パソコンのネットニュースを見てうなずき合った。少し前に三上悠太、まさかの引退ニュースが入ってきて、芽衣はさらに落ち込んでいた。さすがの航も、芽衣の様子を気にしていた。

その夜、泉美と航は光井から借りたDVDを一緒に観た。泉美は以前にも一度観たことがあったのだが、やはりまた泣いてしまった。画面にエンドロールが流れるのを見ながら鼻をぐすぐすさせていると、航がティッシュの箱を差し出してきた。

「ありがと……やっぱりせつないね。ミッチーのイチオシなんだって」

今観たのは『恋人たちの予感』という恋愛映画だ。

「でもさ。こういう男女の友情って、ないよね？」

男と女が本当の友人になれるのか、という内容だったのだが、航は冷めた意見を口にした。

「え、どうして？　あるでしょ」

「いや逆に聞くけど、なんであると思うの？」

「だって……あるよ？　私とミッチーだって友達だし」

「とりあえず俺はいないな、女友達は」

「……杏奈ちゃんは？」

杏奈の気持ちを聞いてしまったので、名前を出すときに少し意識してしまう。

「友達ってわけじゃないし。まあ、幼馴染《おさななじみ》？」

「ふうん。私は男女の友情あると思うんだよね。好きだけどつき合うわけじゃないって相手」

「俺はよくわかんない。人を好きになったこともないし」

「……そうなんだ」

泉美はなんともいえない複雑な気持ちで、うなずいた。

「好きなものって……ないほうがラクじゃね？」

「え……？」

「人でも物でもさ。芽衣さんみたいになったら大変じゃん。心を持っていかれて乱されて……好きなものなんてないほうがいいんだよ」

航はこの手の話になると、いつも寂《さび》しいことを言う。

「……そういう生き方もアリだとは思うよ」

とりあえず、否定はせずに、航の気持ちを受け止めてみた。「ただ……好きなものって、人生を輝かせてくれる。一瞬で自分の人生を面白くしてくれる。好きなものができるとわかるんだよね。ああ、私、このために生まれてきたのかなって。自分の居場所はここにあったんだってわかるの」

「……居場所……？」

航はキョトンとした表情で首をかしげた。でもその目の奥は、暗い。泉美はそんな航を見つめながら、ゆっくりとうなずいた。
「……だから、好きなものがなくてもいいなんて言わないで」
風呂から上がった航は、ドライヤーで髪を乾かしていた。
「あなたが自分らしくいられる場所だって、探せばきっと」
出会った頃に泉美が言ってくれた言葉が、ふと頭をよぎる。あのときも航は即座に
「ないよ」と否定した。自分には居場所なんて、どこにもない。だけど、泉美はいつも、
どこかに自分の居場所はあるという。でもまだ航には見つけられない。

プロトタイプ版の作業は大詰めを迎えていた。企画制作部のメンバーたちはそれぞれ
忙しそうに手を動かしている。

「芽衣ちゃん。今日じゃないの？　三上様の舞台。千秋楽でしょ」

作業をしながら、マリが芽衣に声をかけた。

「うん……でも、もういいの」

芽衣はパソコンを打ちながら答えた。

「だけどさ。引退して結婚するってことは……ある意味、誠実な男だったってこと？」

「まあ、そうとも言えるけど、ファンにとっては残酷な話でしょ」

織野と有栖川が話しているが、芽衣は無言だ。企画制作部にいた泉美も、航も、芽衣の様子をチラチラと気にしていた。


「芽衣ちゃん」

夕方、泉美は休憩室にいた芽衣の隣に腰を下ろした。「もうすぐ舞台、始まるんじゃない？」

「……そうですね」

「引退宣言したんでしょ？　千秋楽だし、もしかしたら、本当に最後になっちゃうんじゃないの？」

「……もう、いいんです。こんな気持ちのまま応援なんてできないし……やっぱりどこか裏切られた気分だし」

「そっか……」

「航くんにも言われたけど……最初から無駄だったのかな、なんて思うんですよね。彼を好きだった時間って、なんだったんだろうって……」

「でもさ。推しがいたからこそ……幸せな時間もあったんじゃない？」

「え？」

「少なくとも私はそうだった。推しがいるってだけで毎日が楽しくなったし、明日も頑張ろうって思えた。芽衣ちゃんはそうじゃなかった？」

泉美が尋ねると、芽衣はしばらく黙っていた。そして、口を開いた。

「……三上様を初めて舞台で見たとき……私の好きなキャラが本当にそこにいるって思いました。汗が飛び散って、キラキラしてて……あぁ、本当に生きてるんだなって。2次元でもない、3次元でもない、まさに2・5次元。そしたら、勝手に涙が出てきちゃって……。気づいたら、役者さんそのものにハマってました。辛《つら》いときも、苦しいときも……推しの舞台を観て、どれだけ元気をもらったか……」

「うん」

「……推しが見たいから、仕事も頑張れたし……頑張ってることで自分にも自信が持てたりして……」

「だったら、今までの時間を否定しないで」

「だけど……」

芽衣はまだ暗い表情をしている。泉美は、手にしていた封筒から、一枚の紙を取り出した。

「これ、うちに入るときの芽衣ちゃんの履歴書」

「え」

「志望動機、覚えてる?」

泉美は履歴書に書いてある芽衣の志望動機を読みはじめた。

「『私は俳優の三上悠太さんが好きです。引っ込み思案で暗い性格だった私が、三上さんの沼にハマり、変わることができました。自分はここにいていいんだと思えるようになったのです。今度は私の番です。面白いゲームを作って、誰かのための沼を作りたいです。そして、見知らぬ誰かの人生を最高にハッピーにしたいのです』」

「私、そんなことを……」

涙ぐむ芽衣に、泉美は優しくうなずいた。

「推しと出会ったから、芽衣ちゃんはいるべき場所を見つけたんだね。いいの? このままで? 引退しちゃうんでしょ? もう見られなくなるんだよ。最後に会ってきなよ」

「……でも、仕事のスケジュールが」

「行ってください」

そこに突然、航が現れた。

「え……?」

「航くん」

芽衣と泉美は驚きの声を上げた。どうやら航はいつのまにかそこにいて、二人の話を聞いていたようだ。

「俺、まだまだなにもできないけど、手伝うことくらいならできるから……」

「わかった。じゃ、みんなに教えてもらって進めて」

泉美が言うと、航は「はい」とうなずいた。

「……芽衣ちゃんの推しが存在した証《あかし》を、しっかりと目に焼きつけてきて」

そう言うと、泉美は芽衣の背中をポンと押した。

「ありがとうございます！」

芽衣は体を二つ折りにするぐらい勢いよく頭を下げ、出ていった。


企画制作部に飛び込んだ芽衣はデスクの一番下の引き出しを開けた。そこには入れっぱなしになっていたヒラヒラの服が入っている。

「お先に失礼します！」

そして鞄《かばん》と服を手に、飛び出していった。戻ってきた泉美と航も、笑顔で芽衣を見送った。

「ミッチー。今日の芽衣ちゃんのノルマ、航くんが手伝うんで、ビシビシしごいて」

「え、大丈夫か?」

光井が泉美と航の顔を順番に見る。

「頑張ります!」

航はいつになく気合いの込もった返事をした。

「じゃあ、マリちゃん。航くんに教えてあげて」

光井に声をかけられ、マリがうなずいた。

「よろしくお願いします」

航はマリの隣に腰を下ろした。

「えーとね。この森を完成させたいから、まずは木を一本書いてみようか」

「わかりました」

「ペンタブの使い方教えるね」

見本を見せるマリの手元を、航が真剣に見ている。その様子を見届け、泉美は社長室に戻った。

森のなかの一本の木を描くよう言われ、航はマリに教わったようにペンタブを使って描いてみた。

「どうでしょう?」

出来上がった作品を、光井に見せにいく。

「うーん。イメージと違うんだよな。木はもっと繊細な感じで、色はもっと深い緑にしてみて」

「あ、はい」

デスクに戻り、描き直す。

「書き直してみました」

しばらくして持っていったが、

「んー、色はもっと明るい緑で」

光井のオーケーは出ない。

「……わかりました」

再びデスクに戻り、描き直す。

そのやりとりが何度か続き、やはり自分には無理なのかと、何度目かに席に戻った航はため息をついた。

「知ってるでしょ。光井さん、徹底的にこだわる人だって」

マリが声をかけてきた。

周りのみんなも、それぞれの作業を黙々とこなしているのを見て、航は以前、有栖川に言われた言葉を思い出した。

(小さな違いが、大きな差につながるんだ。みんな、一ミリ単位にこだわって作ってんだよ)

そうだ、今までの航だったらここでブチキレて投げ出し、仕事を辞めてしまっていたはずだ。でもそういうわけにはいかない。航は光井のアドバイスを頭に入れながら、丁寧に木を描き始めた。

『今度は私の番です。面白いゲームを作って、誰かのための沼を作りたいです。そして、見知らぬ誰かの人生を最高にハッピーにしたいのです』

さっき、泉美が読み上げた芽衣の言葉も蘇《よみがえ》ってきた。誰かのために。そんなこと、航は今まで考えたこともなかった。

「お。それだよ、それ！」

ハッと顔を上げると、光井が航の手元を覗き込んでいた。

「……本当ですか？」

「すごくいいじゃない」

「……ありがとうございます！」

「マリちゃん。これ預かって加工して」

「わかりました。航くん、データ送って」

「あ、はい」

航はデータをマリに送った。いつのまにか企画制作部に来ていた泉美が、そんな航を見てほほ笑んでいる。有栖川と織野も顔を上げ、ホッとしたような表情を浮かべていた。


「ただいま」

航がリビングに入ってきた。

「おかえり。よかったね、採用されて」

ソファでくつろいでいた泉美は、笑顔で迎えた。

「うん。まさか、使われるなんて思ってなかった」

航も嬉しそうに笑っている。

「あ、そうだ。これ」

航が泉美に五千円札を差し出した。「借りたお金、少しずつだけど返そうと思って」

「うん。わかった」

泉美は素直に受け取った。航が大人の男に近づいているようで嬉しい。

「それと、初めての給料、なにに使うか悩んだんだけど」

今度は、紙袋からケーキの箱を取り出した。

「え？」

「なにがいいか全然わかんなくて……ケーキ買ってみた」

航は泉美が座っているソファの下に座り、箱を開ける。いちごのショートケーキが二つ入っている。

「わ、美味《おい》しそう」

「……昔、まだ母親がウチにいた頃……給料日の日だけ、親父がショートケーキを買ってきてくれてさ。それを思い出したんだよね」

「……そっか」

泉美はほほ笑みを浮かべたまま、静かにうなずいた。

「あのさ。泉美さんが言ってたこと……ちょっとだけわかった気がする」

航が少し照れくさそうに切り出した。

「……まだ、夢中になれるものが見つかったわけじゃないけど……。でも、久しぶりに絵を描いたら楽しかった」

航は心からの笑顔を浮かべていた。「これはほんのお礼です」

目の前に跪《ひざまず》くようにしてケーキの箱を差し出してくる航は、ケント王子のようだ。

「いい男になってきたじゃん」

嬉しいのと照れくさいのとで、泉美はソファの下にいる航の頭をいい子いい子した。

「やめろよ。子ども扱いは」

航が泉美の手から逃れた。

「子ども扱いなんてしてないよー」

しつこく頭を撫《な》でようとすると、航がさっと泉美の腕を摑《つか》んだ。その途端に、顔が近づいた。二人は一瞬、見つめ合った。どうしていいのかわからなくなって、泉美は慌てその手を振り払った。

「あ、コーヒー淹れるね」

そそくさと、キッチンに立ち、お湯を沸《わ》かし始めた。

「……うん」

航の声を背中で聞きながら、泉美は心臓が高鳴るのを感じていた。

翌朝、芽衣はすっきりした顔で出勤してきた。

「昨日はありがとうございました！」

そしてみんなに頭を下げた。

「どうだった？　三上様」

泉美は尋ねた。

「最高でした！　ちゃんとお別れしてきました」

「これからどうするの？」

マリが尋ねると、芽衣はわからない、と首をひねった。

「でも、三上様はこれからもずっと私の心の中にいるから。三上様を推してたから、今の自分がいるんだってわかったし……彼を好きだった時間は大切にしていきます」

芽衣は宣言した。

「さすが、ファンの鑑《かがみ》だね」

光井が笑顔でうなずく。

「あ。でも昨日ちょっと見つけちゃったんですよね。すんごく可愛い新人くんがいたんです」

「は？　さっそく、推し変？」

「懲《こ》りないねえ」

織野と有栖川がすかさずツッコみ、ほかのみんなも声を合わせて笑った。

午後、航が資料を持って廊下を歩いていると、杏奈が声をかけてきた。

「航くん、今日の夜、時間ある?」

「ん? うん」

ご飯を食べに行こうと言われ、航はうなずいた。

社長室で仕事をしていると、メッセージが着信した。航からだ。

『今日、杏奈とメシ食って帰ります』とある。

了解! と、泉美はケント王子のスタンプを押した。でもなんだか気になっている自分がいた。

食事をしたあと、航と杏奈は川沿いの道を歩いていた。

「美味しかったー。いいお店だったね」

「うん」

「なんかすごい不思議……。東京で、航くんと一緒にご飯食べるなんて」

「それもそうだな」

たしかに、泉美との不思議な出会いがあってから、航の人生はこれまでとは違う方向に動き出している。

「……この前は本当にごめんね。私が絵のことしゃべっちゃったから……」

「別にもういいよ」

「でも、久しぶりに、航くんが楽しそうに絵を描いてるの見て、ちょっと嬉しかった」

そう言われ、航は苦笑いを浮かべた。

「……航くん」

杏奈が立ち止まったので、航も足を止めた。

「私……ずっと会いたかったんだ」

改まった口調で言う杏奈に、なんだろう、と、首をかしげる。

「……航くんのことが……好きだったから……」

「え……」

予想外の言葉に、航は戸惑《とまど》い、頭が真っ白になった。なんと言ったらいいのかわからずに目の前の杏奈を見ると、いつになく真剣な瞳で、航を見上げていた。航もその瞳を、見つめ返した。

『僕は、キミと出会うために生まれてきたんだ……』

スマホの画面の中で、ケント王子が言った。でも泉美はいつものようにはときめかなかった。さっきからリビングで『ラブ・マイ・ペガサス』をしているのだが、なぜか集中できない。

壁の時計を見ると、二十二時を過ぎている。スマホのメッセージを開いてみた。

（既読《きどく》になってない……）

日中、泉美が送ったケント王子の『了解！』スタンプにはまだ既読がついていない。

いったいどこにいるのだろう。なにをしているのだろう。泉美は航のことが頭から離れなかった。

5

落ち着かない気持ちのまま、泉美はソファに座っていた。時計を見ると、深夜0時を回っている。気を紛《まぎ》らわそうとキッチンへ行ってグラスにワインを注ぎ、ついでになにかおつまみでもと、冷蔵庫を開けた。

「えっと……あ」

チーズの残りを発見して手を伸ばそうとすると、横のソーセージのパッケージが目に入った。手に取って『Sausage』のパッケージを眺めてみる。サウサゲ。心の中でその文字を読んだとき、玄関の鍵が開いた。

「おかえり」

「ただいま」

航は玄関まで出ていった泉美の顔は見ずに、キッチンに向かった。そしてコップに水を汲《く》んで一気に飲んだ。

「杏奈ちゃん、どうだった？」

「……どうだったって？」

「飲んだんでしょ？」

「飲んだけど」

「なにか言ってた？　会社、楽しいとか……」

二人の仲を探っているわけじゃないとアピールするように、尋《たず》ねた。

「ああ、楽しいって言ってたよ」

そう言うと、航はおやすみと言ってロフトに上がっていった。

「あ……おやすみ」

後ろ姿を見送りながら、泉美は航の態度に違和感を抱かずにいられなかった。


ベッドに入った航は、杏奈に言われたことを思い出していた。

（……小さい頃から一緒にいて、最初はお兄ちゃんみたいに思ってたけど……いつのまにか好きになってた）

好きだと告白したあと、杏奈はそう言った。

（いや……あの……）

なんと言ったらいいのかわからず、航は戸惑っていた。

（……あっ、ごめん。突然のことで驚いたよね）

（う、うん）

（あの、全然気にしなくていいから！　返事とか求めてるわけじゃないし。ホントに、私が言いたかっただけから。うん）

杏奈は笑って、帰っていった。

翌日、泉美と光井は、織野のデスクのパソコンを見ながら、ゲームのプロトタイプ版をチェックしていた。織野がゲームを操作し、ほかのメンバーも周りを取り囲んでその様子を見守った。

航もそこにいたが、どうしても杏奈が気になってしまう。チラッと見ると、杏奈も顔を上げた。航は慌《あわ》てて目を逸《そ》らして、織野のパソコン画面に視線を戻した。

「うん。いいんじゃないか」と光井が言うと、

「形になってきましたね」

と有栖川が笑顔で光井を見た。

「これでようやくアルファ版の制作に移れる」

そう言った光井の横で、泉美は「うーん……」と、首をかしげていた。

「おや？」

「泉美さん的にはイマイチですか」とマリと芽衣が尋ねた。

「いや、いい。すごくいい線までいってる。でも……なにか引っかかるんだよね……」

「なんでしょうね……」

織野が顔を上げて泉美を見た。

「私のほうでも、もう一回確認してみる。ごめんね」

「全然。問題点を早めに見つけるためのプロトタイプ版だから。わかったら教えて」

光井は言い、「じゃあ、ひとまずみんな、ここまでお疲れ」と声をかけた。

「あ、ミッチー、予算の相談なんだけど……」

泉美が声をかけ、光井と二人で企画制作部を出ていった。

「なにか引っかかるっていうのも、わかるんですよねぇ」

「そうだなぁ……」

有栖川と織野は、パソコン画面を見たまま話していた。航もその場に残り、画面を見た。表示画面では、イケメン男子のイラストが微笑《ほほえ》み、『気づいたんだ……』。この気持ちを、「好き」っていうんだって』というセリフが表示されている。『好き』。航はその二文字に吸い寄せられてしまう。

「どこが問題なんでしょう……」

「問題点ねぇ……」

「『好き』って、なんなんでしょうね……」

有栖川と織野がつぶやくのに続き、航はうっかり心の声を漏《も》らしてしまった。

「……え？」

一瞬の間を置き、有栖川が航を見た。

「え？」

航が有栖川たちを見返す。

「ん？」

今度は織野が声を上げ、男たち三人の間に、妙な空気が流れた。


昼休み、泉美は杏奈が休憩室のベンチに座り、ドリンク片手にインターンの報告書をまとめているのを見かけた。声をかけようか迷ったけれど、泉美はそのまま企画制作部に向かった。

「あれ、ミッチーこっち戻ってきてない？」

見回したが、光井の姿はない。

「泉美さん」

声をかけられて振り返ると、棚の隙間《すきま》から有栖川が顔を出していた。

「びっくりした……」

「ちょっと」

有栖川に手招きをされて会議室に行くと、織野と航がいた。


「『好き』って気持ちが……わからない？」

有栖川と織野の話を聞いた泉美は、首をかしげた。

「そうなんです」と、有栖川がうなずく。

「……人を好きになったことがないってこと？」

たしかに航は泉美にもそんなことを言っていたけれど……。

「『好意を持つ』『恋に落ちる』といった経験をしたことがないらしく、ピンときていない様子です。嘆《なげ》かわしい」

織野が大げさに顔をしかめる。

「さっき、突然つぶやいたんですよ。ぽそっと……せつなそうに」

有栖川は不憫《ふびん》そうに航を見た。泉美も航を見たが、目を合わせようともしない。

「社長、この事態、どのようにお考えですか」

有栖川が尋ねてきた。

「……え、それどういう質問？」

「これ、よくよく考えたら、会社にも関わる由々《ゆゆ》しき問題なんじゃないかと思って」

「なんで？」

「だって、我々が作ってるのは乙女ゲームなんですよ。乙女ゲームで大事な『キュン』の部分、人を好きになる気持ちを知らない社員がいるなんて」

「そ、そうだけど……」

「今後のためにも……航くんに、誰かを『好き』になる気持ちを教えてあげることはできないでしょうか……？」

「いやあ……そうだね……」

「社長！」

「はい、うん。そう思う」

泉美は有栖川の勢いに気圧《けお》されてうなずいたが（いやぁ……これは、私も自信ないやっ……）と、心の中で思っていた。

社長室に戻った泉美はパソコンにさっきのプロトタイプ版を展開させ、メモに思いつくことを書き留めていった。

画面にイケメン男子の『気づいたんだ。この気持ちを「好き」っていうんだって』というセリフが出てきたところで、泉美はふと手を止めた。画面の『好き』の二文字が、拡大されて泉美の視界に飛び込んでくる。

(……やっぱり昨日、杏奈ちゃんとなにかあったのかな)

昨夜も、今日も、航の様子はおかしい。でも航は人を好きになる気持ちがわからないと言うし、有栖川は人を好きになる気持ちを航に教えてあげたいと言うし……。

(どうしよ……)

泉美は考え込んでいた。


自分の終業時間が近づくと杏奈はさっと荷物をまとめ、立ち上がった。

「すみません、お先に失礼します」

「このあと、用事?」

急いでいる様子の杏奈に、マリが声をかけた。

「大学のゼミがあって。明日もよろしくお願いします」

「頑張ってる子はまぶしい……」

バタバタと帰っていく杏奈を、マリは目を細めながら見送った。

「てか……あれ、なんのミーティング？」

芽衣は会議室を見た。企画制作部の男性陣が、さっきからずっとこもっている。

「さあ……」と、マリは首をひねった。


有栖川はホワイトボードに大きく『「好き」とは？』と書いた。

「織野さん、織野さんにとって誰かを『好き』になるとは？」

「そうだね……」

織野はメガネをクイっと上げて、自分の編み物作品を取り出した。

「みんなは『編む』と『織る』の違いは知ってる？」

みんなといっても航と有栖川しかいないが、織野は二人の顔を順番に見た。

「『編む』という行為は、一本の糸さえあれば可能だけど、『織る』というのは縦糸と横糸を必要とするんだ。つまり、恋っていうのは言わば織物、編み物じゃない」

「……ん？」

有栖川が首をひねる。

「そういう点で、僕は編み物は好きだけど、織野っていう名前は気に入ってる。編野じゃなくてよかった」

「……あの、すみません、なんの話してるんですか」

航も当然、意味がわからない。

「つまりこういうことさ。♪たーーての糸はあーーーなたーーよーーこの……」

織野が気持ちよさそうに歌っている姿を、航たちはポカンと口を開けて見ていた。

「マリさん、中にお入りください」

会議室のドアが開き、すっかり落ち込んだ様子の織野が出てきた。

「え？」

「チェンジです。僕は、降ろされました」

織野に言われ、怪訝《けげん》そうに眉《まゆ》をひそめながら、マリは会議室に入っていった。

「……『編む』と『織る』の違い、知ってる？」

織野に声をかけられた芽衣も、わけがわからず首をかしげた。

「マリさんにとって、『好き』とは？」

有栖川は入ってきたマリに尋ねた。

「えー……ちょっと待って、今考える」

マリはなぜかウキウキした表情で考え始めた。

「アリスさんはどうなんですか」

航は有栖川を見た。

「うーん。やっぱり、大切なのは『気遣《きづか》い』かな。石田三成《いしだみつなり》の『三献《さんこん》の茶』の逸話《いつわ》に代表されるように……気遣いは、歴史に影響を及ぼすほど大きな意味を持つ」

「ちょっと……あとで調べときます」

航にはまったくピンと来ない。

「恋愛もそう。相手を気遣ったり、些細《ささい》な変化に気づいてあげることが大切。いや……ちょっと違うな……」

「え？」

「……逆だね。人を好きになると、気遣いたくなっちゃうんだよね。細かいところでも、その人の些細な変化に気づいてしまうようになるっていうか、それだけ大切に思える気持ち。それが『好き』っていうことだね……。いかがでしょう」

有栖川はマリに問いかけた。

「なるほどね……」

マリはうなずいた。これも仕事の一環なので、航はノートにメモを取り始めた。

「まあ、でも……それだけでもないのかなぁ。マリさんどうですか？」

「うーん。そうねえ。やっぱり恋愛の好きは推すっていう感覚とはちょっと違うよねー。うちの旦那は別に私の趣味とか興味ないし、推し活を肯定《こうてい》するでも否定するでもないけど、こう……そばで見てくれてるっていうか。……あ、そうね。そばにいたいっていう感覚は大事かも……」

「そばにいたい気持ちが、好きっていうこと？」

「……まあ、それだけじゃあないと思うけどねぇ。会えてなくても、気がつくとその人のこと考えちゃうといいますかね……」

「ああ、わかるぅ」

「いや、それだけでもないか。難しいね。『好き』って……」

「ですよね……。一言では言い表せないですからねぇ」

「なんか……言葉で捕まえようとすると……逃げてく……」

「ああぁ～それだ……それですよぉ……」

「ねぇ……」

「……『好き』かぁ……」

「……『好き』ねぇ……」

二人とも、夢見るような目つきで考えている。

「なんで二人とも、そんなお風呂上がりみたいな顔してるんですか」

メモを取っていた航は顔を上げ、尋ねてみた。

「いや〜この『好き』について考える会……いいですねぇ」

「いいですねぇ」

二人はまだうっとりしている。

「いいですねぇじゃなくて」

結局、航にはよくわからなかった。


その夜、泉美は光井に誘われて飲みに行った。

「あのプロトタイプ版……俺はいいと思ったんだけどなあ」

カウンターバーの隣の席で、光井がつぶやいている。

「ねえミッチー」

「ん？」

「……好き」

「え?」

「……ってさあ、どういう気持ちのことだと思う?」

「……なんだよ、急に」

「誰かを好きになるって気持ちがわかんない子に、どうやったら教えられるのかなって」

「ああ……彼? なんか、あった?」

「うん。だんだん、教えることの難易度が上がってきてる」

泉美はカウンターに頬杖《ほおづえ》をついた。

「それは……それだけ、彼が成長したってことだよ」

「マナーも教養も、はじめはなんにもなかったのに。こないだまで、英語のソーセージを、盛大にサウサゲって読んでた子だよ? それが今は……みんなと一緒に、ちゃんと仕事してる」

「やっぱり先生がいいからだね」

「……ま、ケント様の足元にも及ばないけど」

二人は笑い合った。

「でも今回はなあ……『好き』ってなんですかって言われても」

「教えてあげなよ」

「いや、だって、私自身はさ、もう長いこと恋愛とか、いわゆるそういうことなかったから。もう……ペーパードライバーみたいなもんだよ」

泉美の言葉に、光井は穏《おだ》やかに笑っている。

「ミッチーは？　つき合ってる人とかいないの？」

「俺は……いないけど」

「ねえ、好きってなに？　もし航くんがここにいたら、ミッチーだったらなんて言う？」

泉美の問いかけに、光井はしばらく考えてから、つぶやいた。

「……『夜には君を守る鷹《たか》に、朝には君の頬《ほほ》を撫《な》でる風になる』」

「……『或《あ》る夜の出来事』？」

「……え？」

「……映画かぁ。えー、なんかカッコいい。ほかには？」

「ほかってなんだよ」

「ほかの名ゼリフみたいなやつ」

結局そこからは、映画談議になってしまった。

同じ頃、航は泉美のマンションの自室で、ノートを読み返していた。

『些細な変化に気づく』『そばにいたい気持ち』『その人のことを気づいたら考えてしまう』などと書いてあるが、今一つ実感できない。


「久しぶりに飲んじゃったぁ……」

外に出ると、いい感じに酔いが回っていた。振り返ると、光井もふらついている。

「ミッチーもそんなになるなんて珍しいねぇ」

千鳥足で歩き出すと、

「泉美ちゃん」

光井に声をかけられた。

「え？」

振り返ると、光井が壁ドンをしてきた。真剣な光井の顔が、すぐ目の前にある。

「泉美ちゃん――」

「顎《あご》の角度が違う」

泉美は光井の顎を摑《つか》んで、位置を修正した。そして手を取って、壁についている位置も直す。「あと手の位置も、ここ。これがケント様。わかった？」

「……すみません、社長」

った。


「よし」

泉美は笑顔でうなずき、歩き出した。光井はそんな泉美の背中をじっと見つめるのだった。


翌朝、航は社長室に資料を持っていった。

「これ……資料、置いときます」

失礼します、と、出ていこうとする航を、泉美がちょっと、と呼び止めた。

「昨日アリスが言ってたことだけど。その……人を好きになることがどうとか？」

「……うん」

「いろいろ考えたんだけど……今回、私が言えることは、ひとつしかない」

いったい泉美になにを言われるのか、と、航は身構えた。

「『ラブ・マイ・ペガサス』やんなさい」

泉美はスマホを差し出した。

「え？」

「これで、ケント様から学んでちょうだい」

「でも、それはゲーム……」

「『ラブ・マイ・ペガサス』には、私の理想の恋愛のすべてが詰まってるの。だいたいあなた、ここの社員なのにまだこのゲームやってないってあり得ないからね」

「社長、ミーティングお願いします」

ドアがノックされ、有栖川が声をかけてきた。

「あ、ごめん今行く」

そういうことだから、以上、と、泉美は航を残して社長室を出ていった。

「なんだよ、それ……」

航は一人、立ち尽くしていた。


会議室には、メンバーたちが集まっていた。

「プロトタイプ版をもう一回やってみたの。そしたら、昨日の違和感の原因が、初期の分岐点にあることがわかった。アリス、さっき言ったところ出してもらえる?」

泉美に言われ、有栖川は会議室のプロジェクターで選択画面を出した。『幻の花を探しに行く/小屋に戻る』の二択画面が映し出される。

「ここ。このあと、『幻の花を探しに行く』を選択すると、二人目のレギュラーキャラである海《かい》くんに出会える。でも『小屋に戻る』を選択すると……待っているのは、これまでずっと行動を共にしてきた長男の陸《りく》くんだけ。この分岐が今一つだと思う」

「たしかに。この二択だったら、絶対花探しに行きますもんね」

「そういうことか……」

マリと芽衣が納得したようにうなずく。

「選択肢の両方が均等に魅力的じゃないといけないと思う。だからこそ、ほかの選択肢を選んでいたらどうなってたのかなーって想像が膨《ふく》らんだりするの。そういう選択を重ねるから、彼との仲が進展していったときも……」

泉美はメンバーたちのほうを見た。すると、まっすぐに自分を見ていた航と目が合ってしまったので、すぐに目を逸らした。「進展していったときも……楽しいって思える」

「まあそうだけどなぁ……」

「光井さんはあんまりですか」

織野が尋ねる。

「このシナリオ……小屋で待ってる陸くんのほうもさ、プレイヤーのために必死に、薪《たきぎ》、集めたりしてるじゃん。彼に対する愛情が芽生《めば》えてきてれば、この選択肢も、けっこう迷うんじゃないかと思うんだけどね。なあアリス」

「あ、はい」

「アリスの書いてくれたこのシナリオ、俺はよくできてると思うよ」

光井が言うと、有栖川は嬉しそうにほほ笑んだ。

「うーん。面白いんだけど……。迷うかなあこの選択肢。薪拾ってるくらいじゃ愛情芽生えないでしょ」

泉美はあっさりと言う。

「いや描写は、薪拾ってるくらいしかないけど、陸くんだって、もっといろいろ陰ながら努力してるんだよ、きっと」

光井は強く主張した。

「うん、わかるんだけどその努力、プレイヤーには気づかれないから」

「そんな言い方ないんじゃないかなあ。プレイヤーは彼とずっと一緒にいたんだし、情みたいなのも湧《わ》くよ」

「でもそれってたぶんドキドキとは違うよね」

「陸くんだって必死にこれまでアピールしてきてるんだよ？」

「逆に……陸くんがいつもそこにいる感じがするから、手に入らないもどかしさがないのかもね」

「それじゃあ長年彼女のために頑張ってきた彼が浮かばれないだろ？」

いつになく、光井は語気荒く言い放った。

「長年……ではないですよね。だって、まだ陸くんと出会ってそんなに経ってない」

芽衣にツッコまれ光井は「そうでした。失礼」と、冷静さを取り戻す。

「その部分、急いで書き直します」

「でも、どう変更しましょうか」

有栖川と織野に聞かれたが、泉美は「うーん」と考え込んだ。

「杏奈ちゃん、どう思う？」

マリは杏奈に尋ねた。

「……そうですね……泉美さんの意見に近いんですけど……陸くんがずっと一緒にいすぎなのかもって思いました。逆に一時的に離れ離れになる状況を作ったほうが、ユーザーはドキドキすると思います」

その言葉に、女子たちはうなずいた。

「今まで会えていた人と突然会えなくなると……それまであたりまえだと思っていた時間が、実は、かけがえのないものだったんだなって、気づいたりするものですから」

杏奈が話すのを、航はじっと見ていた。その視線に気づいた杏奈も顔を上げ、二人の視線が交錯《こうさく》した。杏奈の視線を追っていた泉美もそのことに気づき、かすかに胸がざわつくのを感じていた。

会議室から出てきた光井は、有栖川に声をかけた。

「アリス、すまんな。書き直しになっちゃって」

「いえ、そんなのよくあることですから」

「……その返事に今まで何度救われたか……ありがとう」

「……はい」

「土曜日までには終わらせよう。日曜日はさすがにゆっくりしたいしな」

「あ、光井さん、日曜……」

「え？　どうした？」

「……いえ。あとで、シナリオの構成メモ、送ります」

「うん。ありがとう」

離れていく光井の背中を、有栖川はじっと見つめた。

会議のあと、泉美はまた杏奈をランチに誘い、会社のそばのカフェに来ていた。

「え、大学って今休んでるんじゃないの？」

「インターンなので公欠は出してるんですけど、ゼミも行けるときに行くようにしてるんです」

「……偉いねえ。大変じゃない？」

「全然です！　毎日、泉美さんや、乙女ゲームを全力で作ってるみなさんと一緒の現場にいられるっていうだけで幸せです。もっといろんなこと学んで、早く……社員として働きたいです」

杏奈はいつも一生懸命で、能力も高いし、とてもいい子だ。

「ありがとう。でもあんまり無理しちゃダメだよ」

「はい。あ、それと……泉美さん、こないだは、相談に乗ってもらって……ありがとうございました」

杏奈はぺこりと頭を下げた。

「いや、相談なんて全然……」

「私……あのあと、航くんに気持ち、伝えたんです」

「あぁ、そうなんだ……航くんはなんて？」

それがあの夜か、と、泉美は腑《ふ》に落ちた。そしてつい、航がどんな反応をしたのか、つい探りを入れるようなことを聞いてしまった。

「なにも。私も急に伝えちゃったので」

そうだったのか、と、なぜか少しホッとする。

「杏奈ちゃんはさ、航くんのどこが好きなの？」

「……航くんの存在って、私にとって大きいんです。『ラブペガ』のケント様を最初に好きになったのも……もともとは航くんに似てるって思ったからなので……」

「そうだったんだ……」

航に似ているからゲームにハマった杏奈と、ケント様に似ているから航を育てようと思った泉美とは、まったく逆だ。

「そこから乙女ゲームのことも好きになって、東京のゲーム会社で働きたいって思えて。航くんは、私の原点みたいな人なんです。でも……肝心なことは、ずっと伝えられませんでした」

杏奈は中学生の頃、気持ちを伝えようと、航が通う高校の前で待っていた。出てくる航を見つけて声をかけようとしたけれど、やっぱりできなかったという。

「航くんが、高校を突然やめていなくなっちゃったときは本当にショックで……もうこの気持ちを伝えることもないんだって思ってました。だから……こうしてまた出会えたことを、無駄にしたくないんです」

「……本当に好きなんだね。航くんのこと」

「……はい」

杏奈は恥ずかしそうに、でもまっすぐな目で言った。

「無駄になんかならないよ。杏奈ちゃんの想いは、航くんにもきっと伝わってると思う」

それは泉美の本心だった。二人にはうまくいってほしいと思っていた。


航は休憩室で『ラブ・マイ・ペガサス』をプレイしていた。

「お疲れ。わかった？　少しは『好き』について」

そこに有栖川が現れた。

「……わかったような……もっとわからなくなったようなって感じです」

「そう……」

「アリスさん、なにかありました？」

「え？」

「いや、なんか暗いから」

「……八景島シーパラダイス、行ったことある？」

「ないですけど……」

「次の日曜日。好きな人と一緒に行こうと思って前売り買ったんだけど……結局勇気が出なくて誘えなかった」

「え、アリスさん、好きな人いるんですか」

航が尋ねると、有栖川はうなずいた。

「買ったのに無駄になっちゃった……もったいないなあ……」

「誘ってみればいいじゃないですか」

「いやー……」

有栖川は考え込み、航を見た。そして「空《あ》いてる?」と、尋ねてきた。

「え?」

「日曜日」

「空いてますけど……え、俺ですか?」

「もうそうしよう。無駄にするよりいい」

「……いや」

「航くんが『好き』を学ぶために! そうだよ、これは、研修!」

「えええ……」

気は乗らなかったが、有栖川に勝手に決められてしまった。

その夜、有栖川からメッセージが送られてきた。

「『好き』を学ぶというコンセプトのもと、架空のデートコースを作成しました。お互い、いつか好きな人と行くときのことを想定しながら楽しもう！」

その後『想定デートスケジュール』が送られてきたが、分刻みのスケジュールがぎっしり書き込まれていた。

「……細か」

航のなかで、さらに行く気が失《う》せていった。


その頃、泉美はリビングで仕事をしていた。スマホにメッセージが着信したので見ると、杏奈からだ。

「今日もありがとうございました。いろいろお話しできて嬉しかったです」というメッセージに、可愛らしいスタンプが添えてある。

泉美はケント様が満面の笑みをたたえている『大丈夫！』のスタンプを送った。だけどなんだか気持ちがすっきりしない。

数日前、初めてのお給料でケーキを買ってきてくれた日、航が可愛く思えて頭を撫《な》でてあげたけれど、泉美を掴んだその手は大きくて、力強くて……。至近距離で見つめ合った航の顔が、頭に浮かんでくる。泉美は仕事をやめ、ベランダに出た。

ぼんやりと夜景を見ていると、ケント様が隣にスッと立った。いや、違う。航だ。

「……杏奈ちゃんに聞いたよ、告白されたんでしょ」

ケント様にそっくりな横顔に、話しかけた。

「え」

「それでいろいろ悩んでいた、と……」

「……まあ」

「なにが『好き』ってことかなんて、私だってよくわかんないよ。先人たちだって、きっとほかに言いようないから、それを『好き』って名づけたんじゃない?」

「……適当だなぁ」

「けっこう真剣に言ってるんだけど」

泉美は口を尖《とが》らせた。投げやりに聞こえたかもしれないが、本心でもあったのだ。「難しいこと考えずに、まずは自分の思った通りに動いてみればいいよ」

「……泉美さんは、好きな人いないの」

「……いるよ。ケント様」

「そう」

「うん」

航よりずっと年上のくせになにを言っているのだ、と自分でも思うけれど……。「誰かを好きになるのに正解なんてない。自分に正直に。以上。頑張れ」

「……うん。おやすみ」

航が部屋に戻っていったので、泉美はスマホに映るケント様を見つめた。そしてまた眼下に広がる夜景に視線を移した泉美は、航が振り返って自分を見ていることには気づいていなかった。


日曜日、航が出かけるしたくをしていると、有栖川から電話がかかってきた。

「え……行けないって……なんでですか？」

「ごめん！　ちょっとトラブル！」

「トラブル？」

「あ、あのー備中高松城《びっちゅうたかまつ》の戦いって知ってる？」

「びっちゅー？」

「黒田官兵衛《くろだかんべえ》の。知らない？」

「なに言ってんですか？」

「水攻めだよ！　水道管破裂！　ああ！　フィギュアがー！」

「は……すみません言ってる意味が」

「ごめん！　チケット今日までだし……誰か捕まえて楽しんでくれてもいいよ！　発券できるようにリンク送っとくから！」

あああー！　という悲鳴が聞こえたかと思うと、電話は切れてしまった。

「アリスさん？　アリスさん！」

仕方なく航も電話を切り、ため息をついた。

「アリスがどうかした？」

声を聞いた泉美が、近づいてきた。航は泉美をじっと見つめた。

「泉美さん、今日、休み？」

「……うん。ん？」

「あのさ……。一緒に、遊園地行かない？」

航が誘うと、泉美は、え？　と、大きく目を見開いた。

「遊園地なんて何年ぶりだろ……」

「俺も。子どもの頃以来久しぶりに来た」

八景島シーパラダイスの入口で、二人は巨大なジェットコースターを見上げた。

「……はい。じゃあ聞いて。航くん」

泉美が足を止めて、航を見た。「これは杏奈ちゃんとデートするときに備えてやる想定デートってことにしよう」

「え？」

「はい。杏奈ちゃんだと思って、エスコートしてください」

「……そんな具体的に想像できないんだけど」

「なんでよ」

「だって……杏奈じゃねえじゃん」

「……あのね」

「ジェットコースター乗りたい」

航は一人で歩き出した。

「あ、ちょっ……」

「乗ったことないんだよ。前来たときは身長足りなくて乗れなかったから」

「勝手に決めないで」

泉美は航を追いかけた。

「アリスさんの送ってくれたメモにも書いてあったんだよな……一発目ジェットコースターがオススメだって」

「おい！」

強い口調で呼びかけると、航はくるりと振り返った。

「あ、もしかして……怖いの？」

「怖くないですけど」

ムキになった泉美は航を抜かして、スタスタとジェットコースターのほうに向かった。

意外に早く、二人の順番がやってきた。

「普通デートだったら、どこ回るかちゃんと話し合って決めないとダメでしょ！」

「お！　すげえ」

「聞けよ」

航は泉美の話など聞かずに先に乗り込んでいった。

「ちょっと待って先頭じゃん……」

ブツブツ言っている泉美に、航は手を差し伸べた。

「足元、気をつけて」

『ラブ・マイ・ペガサス』のケント様がやるようにエスコートすると、泉美はなにか言いたげな表情を浮かべながらも、隣に乗った。

「ずっと乗ってみたかったんだ……」

航はわくわくしていた。係員の説明があり、安全バーが下りてくる。

「それでは、行ってらっしゃい」

係員に見送られ、ジェットコースターがゆっくりと坂を上り始めた。

「うおぉ！」

興奮気味に声を上げ、ふと見ると、泉美が航の手を強く握っている。その顔を見ると、真っ青だ。

「え、もしかしてさ。乗るの、初めて？」

声をかけると、泉美はゆっくりと航を見た。

「……ウフ」

引きつった顔で笑っている泉美の顔を見て「えええ？」と声を上げたとき、ジェットコースターが思いっきり坂を急降下した。

「●△※◆○×¥&%#*■〜！！！」

泉美はぎゅっと航の腕にしがみついた。だが航にもまったく余裕はなかった。

スタート地点に戻ってきたときには、二人とも放心状態だった。安全バーが上がり、降りるときに、二人は顔を見合わせた。

「これヤバい！」

「めっちゃ楽しい！」


メリーゴーランドにフォトスポット……二人ははしゃぎまくった。有栖川の「想定デートスケジュール」によると、次は巨大立体迷路だ。

障害物だらけの迷路で長い手足を持て余す航に爆笑する泉美。だが、泉美が体勢を崩しかけると手を差し伸べてくれる航に、泉美はドキッとしてしまった。


巨大立体迷路を出てくると、日が暮れ始めていた。

「おお〜シーパラダイスタワー、あれだ！」

シーパラダイスタワーに向かって走り出す航の背後から、ヘロヘロの状態で泉美が歩いてくる。

「あの、すみません……お姉さんはちょっと……疲れました」

泉美はそう言いながらも、売店を見つけて吸い寄せられていった。

「あ……可愛い。昔飼ってた犬そっくり……」

ショーウインドーに飾ってあるキーホルダーを見ている。そんな泉美を航がほほ笑ましい気持ちで見ていると、不意に通りかかった客がぶつかってきた。

「うわ！」

航の声に驚いて振り向いた泉美のほうに倒れそうになり、とっさに売店の壁に片手をついた。航を見上げる泉美の顔はすぐ近くにあり、壁ドン状態だ。数秒間静止していた泉美は、慌てて航から離れた。

「ありがとう……え、すごい！　今のめっちゃカッコよかったよ。『ラブ・マイ・ペガサス』やったでしょ。角度も手の位置も完璧。もうケント様じゃん。さすが！」

早口でまくしたてると、泉美は「行こう。シーパラタワー」と、歩き出した。航はその後ろ姿を見ていて、ふと気づいた。最近よくこうして泉美を見つめている……。

あっという間に時間は過ぎた。

「……楽しかったね。今日」

出口に向かいながら、泉美は隣を歩く航に話しかけた。

「うん」

「参考になった？」

「うん」

「私もね。思い返してみたの。今まで、嬉しいとき、辛《つら》いとき、悲しいとき、いつもケント様の顔が思い浮かんで……その笑顔をまた見たくて、毎日頑張ってた。だから……その人の笑ってる顔が思い浮かんだら、それがきっと、好きってことなんだよ」

「……今日は？」

無口になっていた航が、唐突に尋ねてきた。

「え？」

「今日も浮かんだの？　ケント様」

「う、うん。浮かんだ。さっきのなんか、もしこれがケント様だったらなって……」

「……そっか」

そのまま二人はゲートを出て駅に向かった。

駅前にやってきた泉美は、買い物して帰るから、と、航に言った。

「うん」

「じゃあ、またあとで」

「うん」

「……杏奈ちゃん、本当に真剣に航くんのこと考えてたよ。だから航くんも、ちゃんと向き合ってあげて」

泉美はなにかと杏奈のことばかり言う。

「……わかった。今日はありがとう」

「……うん」

ショッピングモールのほうに歩いていく泉美と、航は反対方向に歩き出した。途中で足を止め、振り返った。だが、もう泉美の姿はなかった。


航は、来た方向に引き返しながら、メモした項目を思い出していた。

『些細な変化に気づく』

今日の泉美は、いつもよりカジュアルだった。珍しくスニーカーを履いていた。

『そばにいたい気持ち』

航はいつのまにか走っていた。

『その人のことを気づいたら考えてしまう』

航の頭の中には、いくつものシーンの泉美の笑顔が浮かんでくる。閉園直前の遊園地の前まで戻ってきたとき「その人の笑ってる顔が思い浮かんだら、それがきっと、好きってことなんだよ」と、さっき言っていた泉美の言葉を思い出した。


夜、泉美は部屋で今日のことを思い返していた。楽しかった記憶だけじゃない。自分はなんでとっさにウソをついてしまったのだろうと、ずっと考えていた。本当は、今日、ケント様の姿は、一度も浮かばなかった――。


週明け、企画制作部のメンバーたちは再び織野のパソコンを取り囲み、プロトタイプ版をチェックした。航も一応、最後部からパソコン画面を見ていた。

「……うん。いい。前よりも全然グッとくるもん」

泉美がオーケーを出した。

「よし。じゃあこれをベースに作っていこう」

光井の言葉に、織野も「一歩前進ですね」と、ホッとしたような表情になる。

「引き続き、頑張りましょう」

泉美は社長室に引き上げていった。

「航くん……ちょっと……昨日は本当にごめん！」

有栖川がすすっと近づいてきて、小声で謝ってきた。

「いえ……。あ、俺……遊園地行きました」

「え……行ったんだ。え、まさか一人で？」

「いいえ……泉美さんと」

「は？　泉美さん？　泉美さんと遊園地？　それどういう流れ？」

「あ、えっと……たまたま連絡取ってて、空いてるって……」

驚く有栖川を見て、余計なことを言ったことに気づき、航は慌ててごまかした。

「ごめん、今ちょっと話そう……」

「あ、はい」

航が有栖川とオフィスを出ていく様子を光井がじっと見ていたことに、二人は気づかなかった。


休憩室に着くと、有栖川はいろいろと聞いてきた。

「じゃあ、あのデートコースも」

「一応、全部回りました」

「そっか……え、泉美さんとなにかあるとかじゃないよね？」

「いや……別に……」

航の言葉に有栖川は一度うなずき、すぐに口を開いた。

「『好き』っていう気持ちについては？」

「……なんとなくわかってきました」

答える航の顔を、有栖川がじっと見ている。

「『些細な変化に気づく』とか『そばにいたい気持ち』とか『その人のことを気づいたら考えてしまう』とか……そのあたりの気持ちは、自分のなかでつながりました。その人の顔が浮かんだんです。笑ってる顔が」

「そっか……じゃあ、それは『好き』ってことだね」

「……はい」

航はうなずいた。

「……想いは伝えないの？」

「え？」

「まあ、人のことなら言えるんだけどね……俺も言えずにいるわけだから」

有栖川は照れくさそうに笑った。「でもいつか伝えたいよ。あなたのおかげで、毎日元気にやれてます。あなたのことを考えるから、明日が来るのが楽しいですって」

企画制作部に戻った航は、デスクのひきだしを開けた。中には遊園地のロゴが入った手提げ袋が入っている。航はその袋をじっと見つめた。

光井が社長室に来たので、泉美は今後の進め方について確認した。

「そろそろ、キャラコンペのことをみんなに伝えようか。アリスにも伝えて、キャラ追加イベントの内容考えてもらわないとね」

「……あのさ、泉美ちゃん」

「ん？」

「俺は、泉美ちゃんが彼を育てることには賛成だよ。育ててみたらって言ったのは俺だし」

光井は突然、航のことを話題にした。いつもは楽しそうに話すくせに、やけに真剣な顔をしている。「でも……それは仕事のなかでの話であって、プライベートの時間を割いてまですることかな」

「ごめん、なんの話？」

「昨日、二人で遊園地行ったって……」

「ああ……そうなの。彼もいろいろ悩んでたみたいで」

泉美はなるべく平静を装って言った。

「そこまでしなくてもいいんじゃない？　別につき合ってるわけでもないんだから」

「……ミッチー？　なんで急にそんな話になるの？」

「航くんを育てるのは、そもそも俺との賭《か》けだったよね」

「そうだよ。賭けだよ。賭けに決まってるじゃん。あたりまえじゃん。ていうか、彼もけっこう育ってきてるんだし、早くちょうだいよ。レアグッズ」

早くこの話を切り上げたくて、泉美は一気に言った。

「それならいいけど」

「ミッチー、変なの」

ぼろを出したくなかったので、泉美はドアを開けて廊下に出た。と、社長室の前に、手提げ袋が落ちていたので拾い上げた。昨日行った遊園地の袋だ。中を見ると、昨日泉美が可愛いと言った犬のキーホルダーが入っていた。

航に話を聞かれてしまった——。そう思うと、泉美は一日落ち着かなかったし、まともに航の顔を見ることもできなかった。仕事を終わらせて急いで帰宅すると、航がリビングで荷造りをしていた。

「……なにしてるの？」

問いかけたが、航は何も答えず、立ち上がった。

「ちょっと」

なにを言っても、航は無言だ。荷物を手に、玄関のほうに歩いていく。

「ねえって」

腕を掴んだけれど、思いきり振り払われた。

「……賭けってなんだよ」

玄関先で、航は絞り出すように言った。

「え」

「……そういう扱いだったのかよ」

最初はそうだったかもしれない。少なくとも今は違う。だけど……。

「楽しかった？　なんにも知らないバカな俺を賭けの道具に使って。いい暇《ひま》つぶしにでもなった？」

「……あなたのためにもなると思ったの。それは本当」

「なんとでも言えるよな」

「一回落ち着いて」

とにかく話がしたい。聞いてほしい。

「ふざけんな！　最低だよあんた。どうせあんたの大好きなゲームでもやってるつもりだったんだろ。さすがゲーム会社の社長だよな。キャラクターみたいに人のことなんでも自由にできるって思ってんだよ！」

でも航の怒りは収まらない。

「違う！」

「違わねえだろ！」

航はまったく耳を傾《かたむ》けようとしない。

「……あなただって、自分の人生、諦《あきら》めてたでしょ」

「……うるさい」

さっきより、少し声のトーンが落ちた。

「自分のこと、変えたいって思ってたから……だからうちの会社で働きたいって言ってきたんじゃないの？」

「……不満はない。感謝もしてる」

だったら……。泉美は口を開こうとしたが、

「ただ俺は……あんたに……がっかりしただけだ」

航はそれだけ言うと、出ていってしまった。


マンションを出てきた航は、ふらふらと公園に来ていた。そして、ベンチに座り込んだ。そもそもここで泉美に出会った。そして拾われた。所詮《しょせん》、自分は、拾われたのだ。

「航くん……？」

声をかけられ、顔を上げると、そこにいたのは杏奈だった。


がっかりされた。失望された。信頼を失ってしまった……。

（現実の世界は、ゲームのように、前の分岐に戻ったり、リセットすることはできない）

追いかけていくこともできず、泉美は力なくソファに座っていた。

（やり直せたとしても、それはたぶん、とても疲れる。半日遊園地ではしゃぐだけで疲れてしまう私に、そんなこと、できるのだろうか）

泉美は座ったまま呆然《ぼうぜん》と、航が買ってくれたキーホルダーを眺めていた。

6

「どうしたの？　こんなとこで」

杏奈は心配そうに、航の顔を覗《のぞ》き込んできた。

「別に……」

顔をそむけたけれど、杏奈は隣に腰を下ろした。

「……大丈夫？　なにかあったんじゃないの？　私でよければ話聞くよ」

「いや、でも……」

「あ、もしかして……この前のこと気にしてたらごめん。本当に気にしないで。友達っていうか、幼馴染《おさななじみ》としてさ。聞けることがあれば話を聞くから。話したくないなら、無理に話さなくてもいいしね」

それだけ航に伝えると、杏奈は黙った。二人はしばらく並んで川面《かわも》を見つめていた。

そうしているうちに、だんだんと、航の気持ちも落ち着いてきた。

「……前に進んでくしかないよね」

杏奈がぽつりと言った。「私も、もっと頑張らなきゃ」

「俺も……このままじゃ……」

腹を立てているのは泉美と光井に対してだけじゃない。自分にもだ。

「一緒に頑張ろう」

杏奈はガッツポーズをして、にっこりと笑った。

「……ありがとな……」

「……ううん」

二人はまた静かに川の流れを見ていた。


ソファに座っていた泉美は壁の時計を見上げた。もう深夜0時を過ぎている。もう、今夜は帰ってこないだろう。航のいないロフトを見上げ、泉美はリビングの電気を消した。

そして翌朝、企画制作部に入ると、航は何《なに》ごともなかったように出勤していた。

「はい。ペガサス・インクです。織野は席を外しております……はい。では、折り返しご連絡させていただきます。失礼します」

電話の応対をすっかり完璧にこなしている姿を見て、複雑な気持ちになる。

「泉美さん、おはようございます」

杏奈がまず泉美に気づいて、声をかけてきた、するとほかのメンバーも「おはようございます」と、泉美のほうを見た。　航は顔を上げることもなく、付箋に電話があったことをメモしている。

「ブリーフィング始めようか」

光井が声をかけると、それぞれが作業の手を止め、集まった。席を外していた織野も戻ってきたので、光井は話し始めた。

「えー、これからアルファ版の製作に入る前に、予定通り、途中投入するキャラクターを決めようと思う」

「その決め方なんだけど、今回は、ランタンの方にも審査に入ってもらって、コンペで選びたいと思います」

泉美は、光井に続けて言った。

「コンペ？」

マリが声を上げた。

「しかも、今までにないアプローチにしようと思ってる」

光井が言う。

「どういうことですか？」

織野は光井と泉美を見た。

「いつもはキャラクターの設定を先に決めて、それに合わせたデザインを考えてもらうでしょ。でも今回は設定を決めずに、みんなに自由に発想してもらいたいの。アリス、説明してくれる？」

有栖川には、参加イベントの内容を考えてもらうために、先に説明してあった。

「あ、はい。概要はあとで送りますが、決まっているのは、三兄弟のピンチを助ける男性キャラということです。年齢も決まってないし、どういう性格でどういう見た目かも決まってない。三兄弟との関係性も、友達でもいいし、赤の他人でもいい」

「え。それを自由に考えていいんですか？」

芽衣が尋《たず》ねた。

「ああ。ビジュアルから発想するのもアリだし、性格や設定を決めて作り上げていくのももちろんアリだ」

光井が答えると、織野が「面白いですね」とうなずいた。「つまり、ピンチを助けるイベントだけが決まってるってことか」

「そう。それを逆算して、どういうキャラにするのが一番面白いのか。自由に発想してほしいの」

泉美はメンバーたちを見回した。

「なるほど。わかりました」

マリがうなずく。

「参加自由だから、みんなチャレンジしてみてよ」

光井が言うと、メンバーたちは「はい」と声を合わせた。

「あの！　俺もいいですか？」

そこに、航がすかさず手をあげた。

「もちろん。参加可能だ」

「わかりました」

答えたあと、航は鋭い視線で光井を見据《みす》えた。

「よかったね、航くん」

杏奈に笑顔で声をかけられて航がうなずくのを、泉美は無言で見つめていた。


社長室に戻った泉美は、光井に昨日のことを話した。

「え、どういうこと……？」

「だから、昨日ここで私たちが話してたこと……航くんに聞かれちゃったみたいで」

「賭《か》けをしてるって話？」

そう、と泉美はうなずいた。「ゲーム感覚で自分を賭けの道具にしてるってすごく怒って」

「そうか。どうりでアイツ、いつもと違うと思った。やけに挑戦的な態度だったし」

光井はどうやら気配を感じていたようだ。「まあ、腹も立つよな。自分が賭けの対象になってるってわかったら」

「うん」

「悪いことしちゃったな」

「……どうしたらいいんだろう」

「ちゃんと話すしかないだろ」

「そうだよね。でも、聞いてくれるかどうか……」

昨夜の航の様子を思い出し、泉美の胸の痛みは増すばかりだった。

航は黙々と作業をしていた。誰かの視線を感じて顔を上げると、企画制作部に戻ってきた光井と目が合った。航は怒りの感情そのままに、光井を見返した。

「光井さん。みんなに配るコンペ用の資料、確認してもらっていいですか?」

有栖川が光井のところに行き、用紙を渡している。

「……うん。この方向性でいいんじゃないか？　細かいところまでよくまとまってる」

「ありがとうございます」

「アリスにまかせとけば安心だな。助かるよ」

光井は有栖川の腕をポンと叩《たた》き、自分の席に戻っていった。有栖川は叩かれた腕にそっと触れながら、光井を目で追っている。航がその様子を見ていると、マリが「杏奈ちゃん。ちょっとお願いできる？」と声を上げた。だが杏奈がおつかいに出ていて不在だと気づくと「じゃあ、航くん、ちょっといい？」と、声をかけてきた。

「この中のデータをプリントアウトして、泉美さんのとこに持ってってくれるかな？」

マリがUSBメモリを渡そうとする。

「え、いや……」

「急ぎでお願い」

「……わかりました」

仕事だ。泉美と顔を合わせたくないが、仕方がない。航はうなずいた。


「失礼します。これ、マリさんからです。よろしくお願いします」

社長室に入っていった航は、机の上に書類を置いてすぐに踵《きびす》を返した。

「ちょっと待って。昨日はどうしてたの？」

「関係ないでしょう」

「一応、あなたを預かってる身だから、私は」

「……ネカフェに泊まりました」

顔を上げずに、答えた。

「そう」

「今日もそうするつもりです」

「……一度、落ち着いてちゃんと話そう」

「話すことなんてありませんから」

「誤解を解きたいの」

「なにが誤解なんですか？　賭けをしたのは事実ですよね？」

「それはそうだけど……」

「……失礼します」

航は硬い表情のまま、廊下に出た。一瞬振り返りたくなったがその気持ちをこらえ、
そのまま企画制作部に戻った。

その夜、有栖川は忘れ物に気づき、駅から会社に引き返した。もう会社が入っているフロアは暗くなっていたが、企画制作部のライトをつけて、入った。

「あったあった……」

デスクに置きっぱなしだった封筒を手に取り、帰ろうとしたところ、ライトの消えている会議室でなにかが光った。

「……ん？」

恐る恐る近づいていき、棚から覗くと、光がついたり消えたりしている。そして次の瞬間、闇《やみ》の中に人の顔が浮かび上がった。

「ひーっ！」

悲鳴を上げると、会議室からも「わぁぁ！」と声が上がった。航の声だ。

「航くん？　な、なにしてんの？」

会議室のライトをつけると、航が懐中電灯を手にし、寝袋に足を突っ込んでいた。

「えっ？　ここに泊まる気？」

「あ、はい……」

「なんで？」

「……実は……事情があって今まで住んでたところに帰れなくて。今日もネカフェで寝ようかと思ったんですけど、お金がもったいないんで会社に……」

「いやいやいや、会社は寝るとこじゃないから」

「だって、寝袋置いてありましたよ？」

「てか、よくそんなの見つけたなあ。懐かしい。前はよく朝まで残業してたけど。今はさすがにね」

「使ってないなら借りてもいいですよね？」

航は寝袋に入ろうとしている。

「いや、だからダメだって。それ芽衣さんのだし」

「でも……」

「……もうしょうがないなあ」

有栖川は困り果てている航を、放ってはおけなかった。


(彼に……どんな言葉で説明したらいいのか、わからない)

そんな思いを抱えたまま、結局会社では話ができず、泉美は帰宅した。簡単に夕飯を食べ、スマホで『ラブ・マイ・ペガサス』を始めた。

『ごめん。キミを傷つけて……。もう二度とそんな想いはさせない……』

画面のなかから、ケント様がせつない表情で泉美を見つめてきた。その姿が航に重なり、胸がずきんと痛む。

「……う、辛《つら》い……」

結局、大好きなゲームをしていても集中できず、落ち込むばかりだった。

航は有栖川の部屋で缶ビールをごちそうになっていた。有栖川は従兄弟《いとこ》とルームシェアをしているのだが、来週まで出張でいないので、泊めてくれることになったのだ。部屋の中は、どこもかしこもお城のプラモデルや、戦国武将のフィギュアだらけだ。

「ここもすごいですね、グッズの量」

「ん？　ここもって？」

「あ、いや、なんでもないです」

あぶないあぶない。航は口をつぐんだ。

「俺、海外生活が長かったからさ。逆に日本の歴史に興味持つようになったんだ」

「そうなんですか」

「歴史って調べてくうちに敵側も調べることになって、別の沼にもハマっちゃうんだよね。底なしなんだよ。芽衣さんやマリさんがうらやましいよ。俳優とかアイドルとか、推しに会おうと思えば会えるんだから。俺なんか、誕生日を祝おうと思ってももう死んでるし……推しに会いに行く日は命日なんだよ？　お墓にお供《そな》え持っていくんだから！」

フィギュアを一体手に取り、有栖川はため息をついている。その姿がおかしくて、航はプッと噴《ふ》き出した。

「ちなみに、推しって誰なんすか？」

「最推しは武田信玄《たけだしんげん》だね。甲斐《かい》の大名」

「ああ、聞いたことある」

「政治家としても一流だったんだけど、上司としても一流でね。人を見た目で判断しないで、能力で評価したって言われてるんだ」

「ふうん」

「なんか光井さんみたいじゃない？」

「そう……ですかね？」

航は首をひねった。

「すごい人だよ、光井さんは。厳しいところもあるけど、思いやりがあるし、包容力もあるし……。普通の人が気づかないようなところまで、しっかり見てくれてるのが嬉しいんだよね」

有栖川は次々と光井の長所をあげるが、航は同意できなかった。

「航くんも、なにかあったら相談してみるといいよ」

「……まあ、そうですね」

とりあえず、当たり障《さわ》りのない返事をしておいた。


翌日、泉美が社長室にいると、杏奈が段ボールを抱えて入ってきた。

「あのぉ、なんかおっきい荷物届きました」

「あーたぶんプレゼントかな」

「あ！　もうすぐケント様のお誕生日だからですか？」

八月二十二日のケントの誕生日が近づいている。

「うん。開けてみて」

「はい！」

中からは、造花のフラワーアレンジメントとバースデイカードが出てきた。カードには『Ｈａｐｐｙ　Ｂｉｒｔｈｄａｙ　ケント様♡　ファン有志一同』とある。

「ありがたいよね。毎年、ファンの方々が祝ってくださるなんて」

「私も誕生祭、楽しみにしてますもん」

「ありがとう。お花は制作部に飾っておいて。これから誕生日まで、たくさん届くと思うから」

「承知しました！」

「杏奈ちゃん。最近、ずっと会社に来てるでしょ。働きすぎじゃない？　大丈夫？」

泉美は、プレゼントをしまっている杏奈に声をかけた。

「あ、はい。全然平気です」

「うちとしてはありがたいけど。せっかくの夏休みなんだし、旅行とかも行きたいんじゃないの？」

「いえ。私、ここにいるほうが楽しいですから」

「本当に？」

「はい。憧《あこが》れの会社ですし……インターンとはいえ、ペガサスの一員として働くのは夢みたいなので。それにこの前、航くんとも話したんです。やれることを精いっぱい頑張ろうって」

「そうなんだ」

航の名前を聞き、ドキリとしてしまった。自分とはまったく口をきかない航が、杏奈とはそんな話をしているのかと思うと、少し寂《さび》しい気持ちになる。

「ゼミの課題もあるけど、両立できるので大丈夫です」

「わかった。でも無理しないでね」

「はい！　ありがとうございます」

杏奈は段ボールを持ち上げた。

「あの、航くんって……」

呼び止めると、出ていこうとしていた杏奈が振り返った。

「あ、ううん。なんでもない。引き続きよろしく」

いったいなにを聞こうとしていたのだろう。泉美は自分の気持ちがよくわからなかった。


航はコンペ用の資料を読んでいた。

「んー」

「どうした？」

声をかけられ、顔を上げると光井が覗き込んでいた。

「あ、いえ……」

「キャラクターのことで悩んでんのか。よかったら、相談乗ろうか？」

「いや、大丈夫……」

光井の力など借りたくない。そう思って口を開きかけると、芽衣が声を上げた。

「あ、ずるい。コンペなのに、ディレクターが直接指南するなんて」

「まあまあ。航くん、初めてなんだから」

アリスが芽衣を制し、光井も「そうだよ。ハンデは必要だろ？」と笑っている。

「……スミマセン」

その場の雰囲気に押され、航は立ち上がって光井のデスクに向かった。

「どこから取りかかっていいかわかんないんだろ？」

光井に聞かれ、航は素直にうなずいた。

「まずは、キャラを作るのはどういうことか、ってことを考えてみたらどうかな？　キャラクターっていうのは、ゲームの世界で生きてる人間なんだ」

「人間……」

「そう。その一人の人間を君が作り出すわけ。どういう考え方をする人なのか。どういう行動をしたら魅力的なのか。そこから発想してみたらどうかな」

「……わかりました」

わかったような、わからないような微妙なところだが、とりあえずうなずいた。

「ま、自由に考えてみてよ。楽しみにしてるから」

光井に言われ、航はデスクに戻った。

「コンペ、負けないからね～」

「ライバルだね」

芽衣とマリに言われ、航は「うっす」と頭を下げた。そんな様子を、杏奈がほほ笑みながら見ていた。


泉美は社長室を出て企画制作部に向かった。部屋の中を見ると、航が光井のデスクの前に立っていた。

「あの……設定を考えてみたんですけど……」

航は光井に紙を差し出す。光井は受け取り、読み上げた。

「『ヤマト、二十一歳。三兄弟の従兄弟。明るいノリの体育会系。みんなに振り回される愛されキャラ』か。普通だな。これ、本当に面白いと思ってる？」

「いやでも、三兄弟とキャラがかぶらないように考えて、こうしたんですけど……」

航はどうやら、キャラクターを考え、光井にアドバイスをもらっているようだ。

「それはわかるけど。誰でも一番最初に考えつくアイデアだよ。ひねりもないし新しさ

下を引き返した。

航は突き返された紙を手に、デスクに戻った。その様子を見ていた泉美は、そっと廊
「あ、はい……」
もない。やり直し」

夜、航は光井のところにキャラクターのプロフィールを書いた紙を持っていった。こ
れで何度目だろうか。もうオフィスに残っているのは航と光井だけだ。

「このなかだとこれが一番面白いんじゃないかな」

光井は一枚の紙を指し示した。

「でも、まだまだ膨《ふく》らみが足りない。奥行きも足りない」

膨らみ？　奥行き？　航にはどういうことかさっぱりわからない。

「このキャラの長所はよくわかった。熱くて優しい男なんだろう。でも、短所は？」

光井が問いかけてきた。

「短所……え？　短所って必要ですか？　ないほうが魅力的なキャラになるんじゃ」

「君がやってることは、人間を作ることと同じって言ったよね？」

「はい……」

「人は誰だって、長所と短所がある。いろんな面を持ってるんだ。多面体なんだよ。それが魅力につながる」

航は光井に言われた言葉を考えていた。

「……たとえば、うちの社長だってそうだ」

「え」

いきなり泉美の話題になり、航は面食らった。

「君が見ている姿がすべてじゃない。本当はその裏に、なにか別の理由や考えがあるかもしれない」

「……」

「……賭けのことは悪かった。でも、ゲーム感覚で遊んでいたわけじゃない。社長が君を育てようとしたのは本当に……」

「もういいですから」

航は光井の言葉を遮《さえぎ》った。「これ、明日までにブラッシュアップしときます」と、頭を下げ、自分の席に戻った。

航はこの日も有栖川の部屋に帰っていった。さっとシャワーを浴びて出てくると、有栖川がずいぶん遅くまでやっていたんだな、と声をかけてきた。

「えっ、光井さんがずっと教えてくれてたの？　珍しい」

「そうなんですか？」

「いいなー。どんなこと言ってた？」

「長所も大切だけど、短所も大切だとか。人間は多面的だとか」

「……うんうん。さすが、光井さんだ」

「あの……泉美さんと光井さんって、どんな関係なんですか？」

航は、以前から気になっていたことを尋ねてみた。

「え？」

「いや、なんか、やけにわかり合ってるっていうか……」

「まあ、いいコンビではあるよね。二人でイチからこの会社を立ち上げたわけだし。お互いに厚い信頼を寄せてると思う」

なるほど、と、航はうなずいた。

「うちの会社、トップとナンバー2のバランスがいいんだよなあ。昔、戦国時代に竹中《たけなか》半兵衛《はんべえ》っていう軍師がいてね。諸説あるけど、秀吉《ひでよし》が木下藤吉郎《きのしたとうきちろう》だった頃、山賊の寄せ集めにすぎなかった集団を強い軍に変えて、秀吉を天下人に押し上げたんだ。もともと、半兵衛の生まれは美濃《みの》の国で、斎藤道三《さいとうどうさん》の家臣である竹中重元《しげもと》の子として誕生したんだけど……」

有栖川の説明は続いていたが、航は適当に聞き流し、泉美のことを考えていた。

泉美はリビングで『ラブ・マイ・ペガサス』をしていた。でもまったく身が入らず、手を止めた。

航と一緒にＤＶＤを見たり、笑い合ったり……。あの頃に比べると今はまったく色のない日々だ。

いい男に育てるつもりだった航をいい子いい子したら、強く腕を摑まれたこともあったっけ。あのときは至近距離で見つめ合ってドキリとしてしまって……。

泉美は、航のいないロフトを見上げた。

翌日も、航はパソコンで新キャラの設定をまとめていた。

「誰か、届け物できる人いる？」

光井が声をかけてきたので、航は「あ、はい」と顔を上げた。

「はい！　私、大丈夫です」

でもすぐに杏奈が立ち上がった。

「航くんはそれ続けて」

杏奈がそう言ってくれたので、航は「あ、うん。ありがとう」と、素直に感謝した。

「こっちはランタンの小島さん、こっちは池脇《いけわき》プロダクションの社長に届けてくれるかな」

光井は杏奈に封筒を二つ渡した。

「わかりました」

「場所はわかる？」

「はい、大丈夫です。行ってきます」

杏奈が出かけていくのと入れ替わりに、泉美が入ってきた。

「ミッチー。スチールイラストのことなんだけど」

「うん。なにかあった？」

「本当にあれでフィックスにしていいと思う？」

「というと？」

「二枚目のスチール、陸くんと彼女が最初に会うシーンでもいいんだけど、ヒロインを助けるシーンにしたほうがいいんじゃないかな。もっとキュンとくると思うんだけど」

「いやー、そっかあ。なるほどね」

「やり直しになっちゃうから申し訳ないけど。でも胸キュンシーンを抽出《ちゅうしゅつ》したいんだよね」

「わかった。今の時点でなにか違うなと思うんだったら、とことん修正しようよ」

「うん。ありがとう」

「泉美ちゃんのセンスは頼りにしてますから」

泉美と光井はほほ笑み合い、互いの仕事に戻った。航が共に信頼しきっている二人の関係をじっと見ていると、自分と同じように二人を見ている人物に気づいた。有栖川だ。

有栖川は航の視線に気づき、すぐに目を逸《そ》らした。

もしかして……航は光井と有栖川を交互に見た。


夕方、泉美と有栖川が企画制作部で話しているところに、光井が駆け込んできた。

「杏奈ちゃん、さっきの届け物なんだけど、間違って渡してないかな？　ランタンと池脇プロと」

「えっ？」

「まさか、ラブペガのデータをランタンに渡したってこと？」

「マズいな、それ……」

企画制作部のメンバーたちの顔から血の気が引いていく。

「……す、すみません！　すぐに行ってきます」

杏奈は思いきり頭を下げたかと思うと、顔を上げ出かけるしたくをした。

「大丈夫。私が行くから」

泉美が立ち上がった。

「だけど……私も行きます！」

「あなたは自分の仕事を続けて」

「でも、私の責任ですから……」

「部下の責任は上司の責任。こういうときのために私がいるの。私はランタンに行ってくるから、ミッチーは池脇プロに行って事情説明してきて」

泉美は部屋を出ていった。航はこんなときにもなにもできず、その場に立ち尽くしている杏奈に言葉をかけてやることもできず、自分の無力さを感じていた。

泉美はランタン・ホールディングスの小島部長に頭を下げていた。

「申し訳ありませんでした」

「わざわざ、日高社長にご足労いただかなくてもよかったんですがね」

「いえ、私どものミスですから」

小島は泉美に封筒を渡し「ゲーム制作のほうは順調ですか？」と、尋ねてきた。

「はい。映像もきれいですし、かなり面白いものになると思います」

「今回のプロジェクトは当社としても、エンタメ事業に進出する、最初の重要な足がかりと考えています。くれぐれも失敗のないようお願いします」

「……はい。承知しました」

泉美はなんとなく違和感を抱きつつも、頭を下げた。

・

航は休憩室でぼんやりと座っている杏奈に、ドリンクを差し出した。

「大丈夫か？」

「……ごめん」

「俺に謝ることないだろ」

「私、泉美さんみたいになりたくて……もっともっと頑張らないといけないのに……。全然ダメだね……。いっぱいいっぱいになっちゃって、こんな失敗するなんて……」

「そんな焦《あせ》んなよ。ちょっとずつ頑張ろう」

航の言葉に、杏奈は小さくうなずいた。

その夜、航は有栖川のマンションで、荷物を詰めていた。

「なんか悪いね」

「いえ。ホント助かったし、ありがとうございました」

有栖川の従兄弟が予定より早く帰ってくることになり、出ていくことになったのだ。

「今日はどうすんの?」

「ネカフェに泊まります。慣れてるんで大丈夫です……あ、ヤベっ。会社にスマホ置いてきちゃった」

ポケットや鞄《かばん》の中をあちこち探ってみたが、どこにもない。

「マジかよ」

「取りにいかなきゃ。めんどくせー」

「……お疲れさま」

有栖川は笑っている。「……そういえば、前に言ってた人に気持ち伝えたの?」

「え?」

「航くんのなかで、気持ちがつながったって言ってたからさ」

「……なんか……伝える前に、自分の気持ちがよくわかんなくなっちゃいました」

「どうして？」

「好きだと思ってたんですけど……その相手にがっかりしちゃうことがあって……腹立つ気持ちもあるし」

航は自分の気持ちを素直に口にした。


仕事を終え、泉美は光井と二人で飲んでいた。

「お疲れさま。池脇プロのほうは大丈夫だったから」

「ありがとう。ランタンのほうにも頭下げて、なんとか切り抜けた」

「よかった」

泉美はホッとしてワイングラスを傾《かたむ》けた。

「……仕事ではいくらでも謝れんのにな」

「……たしかにそうだね」

光井が航のことを言っているとわかって、泉美は苦笑いを浮かべた。

荷物をまとめ終えた航は、玄関を出ていく前に有栖川のほうを振り返った。

「あの、一つ聞いていいですか?」

「ん?」

「もし……もしもですけど、好きになった相手が、自分を見てくれてないってわかったらどうしますか?」

「片思いってこと?」

「諦めるべきなのか、思い続けるべきなのか……」

「諦める必要なんてないんじゃないのかな」

「なんで? だってつき合えないとしたら、諦めるしかないじゃないっすか」

「別につき合うことだけが大切じゃないと思う」

有栖川はしみじみ言うが、航にはその気持ちがよくわからない。

「好きな人が存在するってだけで、素敵なことじゃん。恋をするとさ、道端の花とか葉っぱとか、いろんなものが輝いて見えたりして……自分の世界が変わる」

たしかにそうだった。航はうなずいた。

「好きな人に会えた日は嬉しいし……。褒《ほ》められたり、頼りにされたらもっと嬉しい」

有栖川の言葉を聞いて、いつだったか有栖川が光井にポンと腕を叩かれ、嬉しそうにしていたことを航は思い出した。

「好きな人がこの世にいるってだけで……自分の居場所が見つかった気になるんだ」

「……居場所……」

航が繰り返すと、有栖川はうなずいた。

「だから……諦めなくていいと思うし、好きだって気持ちは大切にしたほうがいいと思う。なにより、好きだって気持ちは止められないしね」

有栖川は笑った。


「……泉美ちゃん。言葉にしないとわかんないかもよ」

光井は言った。

「え？」

「最近、ずっとそのことを考えてたでしょ」

「……別に」

「ごまかしてもわかるよ。彼に謝りたいと思いながら、素直に話すことができてなかった。ずっと悩んでて、苦しそうだから言ってるんだ。そんな泉美ちゃんを見続けるのもイヤだし……」

仕事中は態度に出さないようにしていたのだけれど、光井にはお見通しだったようだ。

「でも正直、驚いたよ。長いこと一緒にいるけど……こんな泉美ちゃん、初めて見た」

「え？」

隣を見ると、光井はいつもの穏《おだ》やかな表情でワインを飲んでいた。


航は真っ暗な部屋のライトをつけ、企画制作部に入っていった。

「スマホ……やっぱここだった」

デスクの上にスマホが置いてあった。『航くんへ。会議室にスマホ忘れてたよーん。

芽衣』と、イラスト入りの付箋が貼ってあり、ふっと笑ってしまう。

そのまま出ていこうとして、ふとホワイトボードが目に留まった。一番上には日高泉美。五十嵐航は一番下だ。一つ空《あ》けて、インターンの杏奈の名前がある。

こんなふうにホワイトボードに自分の名前が書き込まれたのは人生で初めてのことだ。

振り返って自分のデスクを見ると『五十嵐航』のラベルが貼ってある。そのラベルに触れていた航のなかに、思いが込み上げてくる。航は企画制作部を飛び出した。


泉美は飲みながら、素直な気持ちを口にした。

「でも今さら……航くんになんて言ったらいいかわかんない……」

「……簡単なことだよ。幼稚園のときに習っただろ。『ごめんなさい』って言葉にして、素直に謝ればいい」

光井の言う通りだ。ただ言葉にして謝ればいい。それだけのことだったのに、どうしてできなかったのだろう。

「……ミッチー、ごめん。私、先に帰るね」

泉美は席を立ち、店を出た。

「一番素直じゃないのは俺か……」

カウンターに残された光井はふっと笑って、ワイングラスを傾けた。

(本当は自分でもわかってた。ちゃんと言葉にしなきゃって……)

店を出てしばらく歩いた泉美は立ち止まり、スマホを取り出した。『五十嵐航』を呼び出して電話をかけてみたが、呼び出し音が鳴るだけだ。

航は走っていた。頭の中に、さっきから泉美に言われた言葉の数々が蘇《よみがえ》ってくる。

「あなたが自分らしくいられる場所だって、探せばきっと……」

「とにかく。あなたの居場所は用意するから」

「……あなたの人生、私が変えてみせる」

「航くん。あなたには、社会人としてのルールを知ってもらいます。まずは言葉遣《づか》いとマナー」

「わからないなら調べようとか、知らない世界を知ってみたいなーとか、そういう気にはならないわけ？」

「もちろん、好きなものがないっていう生き方も否定しないけど。でも、あったらあったですごく楽しくなるよ」

泉美はいつだって航を励《はげ》まし、導いてくれた。


ネットカフェや公園……泉美は航の行きそうな場所を探してみたが、会えずにいた。何度かかけているのに、電話にも出ない。

キョロキョロとあたりを見ながら川べりの道を走っていると、前から足音が聞こえてきた。航だ。航が向かい側から、走ってくる。航も泉美を探してくれたのだろうか。ようやく出会うことができ、二人は足を止めた。だけど息が切れてしまい、なかなか言葉が出てこない。

「ごめんなさい！」

泉美が頭を下げるのと同時に、航もそうしていた。

「私……あなたの気持ちも考えずに、本当に失礼なことをしたと思う。ごめんなさい……」

「いや、俺も……ひどいこと言っちゃって……」

二人は息を整えながら、思いを口にした。

「賭けとかゲームとか聞いて、正直ムカついたけど……。でも……泉美さんの本当の思いみたいなものはわかったから。それに……泉美さんが俺を育てるって決めて、居場所を作ってくれたから……俺はあの会社にいることができる。……本当にありがとう」

「航くん……」

自分の気持ちをしっかりと口にできるようになった航への感動と、ようやく誤解が解けた喜びと……。さまざまな気持ちが交錯《こうさく》する。でもなんだかおかしくなって、泉美は笑ってしまった。

「私たち、もっと早く、素直になればよかったね」

「うん」

航も照れくさそうに笑っている。

「これ、ありがとう。私が欲しがってたの、覚えてててくれたんだね」

泉美が犬のキーホルダーを取り出して言うと、航は無言でうなずいた。

「すごく嬉しかった」

ほほ笑みかけたのに、航はふと、真顔になった。

「……俺……この数日……泉美さんのことがずっと頭の中に浮かんでた。今、なにしてんだろうとか……ご飯食べたのかなとか……またゲームばっかやってんのかなとか……ソファで寝ちゃってないかな、とか」

「ディスってる？」

「……ううん」

首を振る航を見て、泉美はさらにおかしくなってしまう。

「……もしかしたら俺……」

航が真面目な顔で泉美を見つめた。

え……。

泉美も見つめ返したとき、スマホが鳴った。どうしよう、と迷ってしまう。

「あ、出ていいよ」

航に言われ、スマホに出た。

「はい、日高です。え？　杏奈ちゃんが？」

杏奈が倒れた――。会社からの電話で泉美と航は、二人で病院に駆けつけた。杏奈はベッドに寝かされ点滴を受けている。

「大丈夫か？」

航がベッドを覗き込むと、杏奈はうなずいた。

「……すみません……ご迷惑かけて」

「ううん。気にしないで。過労が原因の貧血だって。頑張りすぎたんだね……。もう少し休んだら、今夜のうちに帰れるみたい。明日は会社も休んでおウチでゆっくりして」

泉美は杏奈に言い、航を見た。

「航くん。杏奈ちゃんを家まで送っていってあげて」

財布からタクシー代一万円を取り出して渡す。

「あ、はい。すみません」

「それじゃ、お大事に……」

杏奈を航にまかせ、泉美は病院をあとにした。

杏奈の部屋は、小さなワンルームマンションだった。

「平気?」

「うん。ありがとう……」

まだ辛そうな杏奈をベッドに寝かせ、航は布団をかけた。ふと見ると、本棚には大学の教科書に交じって、ゲーム制作の本やゲームクリエイターの本が並んでいる。机の上にはノートパソコン、その脇には参考書が積んである。航はそのなかの一冊を手に取って眺めた。

「……ん」

杏奈が辛そうに息をついた。

「あ、水飲むか?」

「うん」

航はキッチンへ行って水を注いで、杏奈の体を起こしてやった。

「大丈夫?」

「……ありがと」

水を飲み、杏奈は少し落ちついたようだ。航は床に置いてあったバッグや本をどけてベッドのそばに腰を下ろした。

「ごめん。こんなに散らかってて……」

「たしかに荒れてんな」

航は部屋の中を見回した。所狭しと物が置かれている。

「片づける時間がもったいなくて。学校の勉強の合間にゲームの勉強もしてたから」

「キャパオーバーだったんだよ。頑張りすぎたんだ」

「なんか……情けない……」

杏奈はうつむいた。「頑張ってもうまくいかなくて……結果が出なくて……。ダメなほうばっかいっちゃって……」

後ろ向きなことばかり言う杏奈を見ていると、なにをやってもうまくいかないと思っていた少し前の自分を思い出した。

「……杏奈は頑張ってるよ。俺なんか東京出てきて、食うことに必死で、先のことなんかなにも考えてなかった。でも杏奈は、目標を持って、努力してて……本当にすごいよ。一人でよくここまで頑張ってきたなって思う……」

航が言うと、杏奈は手で口を押さえた。

「大丈夫？　気持ち悪い？」

尋ねると、首を振った杏奈の目から涙が一筋こぼれた。

「泣くなって」

「……泣いてない」

杏奈は涙を拭《ぬぐ》った。

「おまえ、昔からそうやって意地っ張りだったもんな。たまには、頼ってよ。俺にできることがあれば、してあげたいから」

それは、航の本心だった。杏奈が小さくうなずいたので、航は杏奈の頭をポンポンと撫《な》でてやった。


マンションに戻った泉美はリビングでゲームをしていた。『ラブ・マイ・ペガサス』の画面が流れ、ケント様が泉美を見つめている。以前だったらときめくシーンなのに、泉美はぼんやりしていた。

（彼はあのとき、なんて言おうとしたんだろう……）

頭の中は、真剣に泉美を見つめる航の表情でいっぱいになっていた。

CAST

日高 泉美 ………………… 比嘉 愛未

五十嵐 航 ………………… 渡邊 圭祐

光井 倫久 ………………… ディーン・フジオカ

古河 杏奈 ………………… 白石 聖

渡辺 芽衣 ………………… 徳永 えり

有栖川 遼 ………………… 瀬戸 利樹

小原 マリ ………………… 佐野ひなこ

織野洋一郎………………… 谷 恭輔

藤井 蓮 ………………… 藤原 大祐

水嶋 十蔵 ………………… 船越英一郎

■ TV STAFF

脚本／阿相クミコ　伊達さん（大人のカフェ）

音楽／瀬川 英史
主題歌／ Uru『Love Song』（ソニー・ミュージックレーベルズ）
挿入歌／ DEAN FUJIOKA『Runaway』（A-Sketch）
編成企画／狩野 雄太　江花松樹
プロデュース／貸川 聡子

演出／木村 真人　河野 圭太　倉木 義典
制作著作／共同テレビ

■ BOOK STAFF

脚本／阿相クミコ　伊達さん（大人のカフェ）

ノベライズ／百瀬しのぶ

ブックデザイン／竹下 典子（扶桑社）

DTP ／株式会社明昌堂

校閲／皆川 秀

推しの王子様（上）
発行日　2021年8月30日　初版第1刷発行

脚　本　阿相クミコ　伊達さん（大人のカフェ）
ノベライズ　百瀬しのぶ

発行者　久保田榮一
発行所　株式会社 扶桑社
〒105-8070
東京都港区芝浦1-1-1 浜松町ビルディング
電話　03-6368-8870（編集）
03-6368-8891（郵便室）
http://www.fusosha.co.jp/

企画協力　株式会社フジテレビジョン、株式会社共同テレビジョン

印刷・製本　中央精版印刷株式会社

定価はカバーに表示してあります。

造本には十分注意しておりますが、落丁・乱丁（本のページの抜け落ちや順序の間違い）の場合は、小社郵便室宛にお送りください。送料は小社負担でお取り替えいたします（古書店で購入したものについては、お取り替えできません）。

なお、本書のコピー、スキャン、デジタル化等の無断複製は著作権法上の例外を除き禁じられています。本書を代行業者等の第三者に依頼してスキャンやデジタル化することは、たとえ個人や家庭内での利用でも著作権法違反です。

©ASO Kumiko/DATEsan/MOMOSE Shinobu
©Fuji Television Network,inc. 2021

Printed in Japan
ISBN978-4-594-08951-1